15 €
6 €

SACHEN MACHEN

Ein Buch von ABCs und Geburtstagen

Gertude Stein
SACHEN MACHEN
EIN BUCH VON ABCS UND GEBURTSTAGEN
Deutsche Erstausgabe
Übersetzt aus dem Amerikanischen von
Klaus Schmirler
Titel des amerikanischen Originals
»To Do. A book of alphabets and birthdays«
erschienen in dem Band »Alphabets and birthdays«
bei Yale University Press, New Haven 1957.
Erstes bis zweites Tausend 2000. Umschlag-, Buchgestaltung und Druck von Axel Stiehler, Achilla Presse Bremen.
Gesetzt aus der DTL Fleischmann. Gebunden von der Buchbinderei Nieth, Syke. Gedruckt auf Munkenpure.

www.achilla-presse.de
Zöllnerstraße 24, 22761 Hamburg
Theresenstraße 8-10, 28203 Bremen
ISBN 3-928398-69-5

Gertrude Stein

SACHEN MACHEN

Ein Buch von ABCs und Geburtstagen

Aus dem Amerikanischen von Klaus Schmirler
mit Illustrationen von Nina Pagalies

ACHILLA PRESSE VERLAGSBUCHHANDLUNG
HAMBURG · BREMEN · FRIESLAND

ABCs und Namen die spielen zusammen und alle haben einen Namen und Herren und Damen die müssen auf Befragen einen Geburtstag haben.
Was man tun muß ist an Namen denken.
Namen werdens tun.
Wer denn was tun.
Und auch an ABCs muß man denken, ohne ein ABC also ohne Namen wer ist man denn dann, und mit Geburtstagen ist man ebenfalls besser dran, wo kommen wir sonst an.
Alles fängt mit A an.
Was hast du gesagt. Ich habe gesagt alles fängt mit A an und das war richtig drück mich tüchtig sonst dicht ich.
Alles fängt mit A an.

A. Annie, Arthur, Aktiv, Albert.
Annie ist ein Mädchen Arthur ist ein Bub Aktiv ist ein Pferd. Albert ist ein Mann mit einem Glas.
Aktiv.
Aktiv ist der Name eines Pferdes.
Niemand weiß mehr was Pferde sind.
Was Pferde sind.
Was sind Pferde.
Pferde sind Tiere waren Tiere mit einer Mähne und einem Schwanz Ohren Hufen einem Kopf und Zähnen und Schuhen aus Eisen wenn man ihnen welche anzieht.
Wenn man ihnen welche anzieht und die Pferde sie verlieren und sie irgendjemand findet und behält sie, hat er eine Menge Glück. Aber jetzt weiß niemand mehr was Pferde sind und was Hufeisen sind und was Hufnägel sind niemand weiß mehr was Pferde sind, aber jedenfalls eines Tages, ist Aktiv der Name von einem Pferd, einem schönen Pferd.
Es hatte einen Geburtstag es war an diesem Tag geboren so daß alle wußten wie alt es denn war, es war geboren am einunddreißigsten Mai einwandfrei, und dann fing es an zu sagen es sei nicht an diesem Tag geboren es sei fing es an zu sagen es sei am einunddreißigsten Julei geboren, und der war kaum vorbei. Es war gern jeden Tag später geboren. Aber jedenfalls war es da und sein Name war Aktiv, er war jetzt Aktiv war es aber nicht immer gewesen, er ist einmal Kiki ge-

wesen, nicht daß er jemals gekickt hätte er doch nicht und er hat damals immer einen Milchkarren gezogen. Dann kam der Krieg, Kiki war zwanzig, zwanzig ist schrecklich alt für ein Pferd aber Kiki hatte immer genug gehabt, also war er auch mit zwanzig jung und zart und rank und schlank.

Also kamen die Soldaten daher und sie dachten er wäre jung und stark und sie nahmen ihn mit und allen flossen die Tränen die Milch floß nicht mehr aber sie nahmen Kiki mit und er war alt war er aber er war jung und stark.

Dann wußte niemand wo er war, und er war nein er war nicht fortgegangen noch war er geblieben sondern er war an der Front wo geschossen wurde und er zog eine kleine Kanone dort, und sie wußten seinen Namen nicht aber er war so jung und stark daß sie ihn Aktiv nannten, und er kam immer mit mit seiner kleinen Kanone. Und jemand schrieb ihm und er antwortete ich hab einen sehr lieben Menschen, und sie schicktem dem sehr lieben Menschen Schokolade und alles damit er Aktiv was gab, und das tat er und alle freuten sich über alles sogar die kleine Kanone die Aktiv zog. So ist es gewesen. Und so kam Aktiv immer mit und jemand sagte zu ihm wenn du so tust als ob es dir nicht gut geht schicken sie dich heim. Kann ich die kleine Kanone mitnehmen sagte Aktiv sie gefällt mir besser als ein Milchkarren, ich bin lieber Aktiv als Kiki der nie gekickt hat. Ich glaube ich bleibe wo ich bin, antwortete Kiki.

Und so ging es weiter, und eines Tages gab es keine Kämpfe mehr alles war ruhig, Aktiv war still und hatte es warm und alle gingen heim. Und Aktiv wurde heim zum Milchkarren geschickt, und der Milchkarren ist zu einem Automobil geändert worden und dafür brauchten sie Aktiv nicht, sie konnten ihn nur zum Pflügen gebrauchen, und sie nannten ihn wieder Kiki aber er hieß Aktiv und er sagte daß er seine Mähne ließ wenn sie ihn nicht nannten wie er hieß. Also sie machten ein Geschrei wie sonstwas, einfach alle machten so ein Geschrei und dann vergaß Aktiv alles und er sagte Pflügen ist gar nicht so schlecht, und es war ihm sehr recht, und überhaupt, was bringt es denn zu schmollen wenn alle mit ihm machen was sie wollen. Also sagte er er würde meinen ein Automobil, nur einen Tag meinte er er würde ein Automobil sein kein neues ein altes und er war eins, er war ein Automobil und ein Automobil hat nie einen Namen und es hat nie eine Mähne und es hat Gummihufeisen keine eisernen und wenn man Gummischuhe findet heißt es nicht halb so viel wie wenn man eiserne Hufeisen findet und damit war alles beendet.

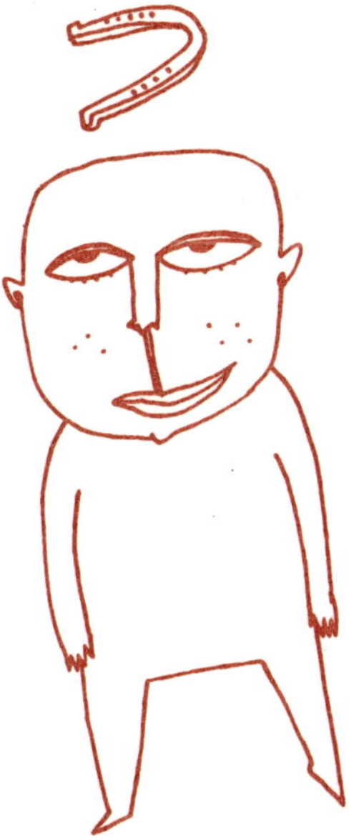

Dann kommt B. Also Annie hat sich ins B. verirrt, aber das geht klar wenn man weiß B folgt auf A und A kommt vor B.
B ist für Berta und Berti und Ben und Brav und einen Geburtstag für alle.
B für Berta die die die Mutter von Kindern war. Es gab drei.

Berti schielte weil manche immer als er ein Baby war mit dem Finger seine Nase streichelten.
Der zweite war Ben der sagte nie wenn weil er sich komisch vorkam wenn er es sagte und der dritte hieß Brav und Brav war immer ganz blaß vor Spaß.

Also mußten alle einen haben einen Geburtstag, niemand keiner kann sagen sie mußten alle gar keinen Geburtstag haben, sogar ihre Mutter Berta mußte einen haben.
B. für Berta und Bertie und Ben und Brav und einen Geburtstag für sie alle.
Brav war immer ganz blaß vor Spaß und er ging fischen bei Nacht. Er fischte immer bei Nacht und ganz mit Bedacht weil er bei Tag geboren war und Brav war ein komischer Bub weil er nicht an seinem Geburtstag geboren war. Jeder Tag könnte sein Geburtstag sein weil er nicht an seinem Geburtstag geboren worden war. Also konnte er bei Nacht fischen und vor Spaß ganz blaß sein.
Ganz mit Bedacht.
Er war ein komischer Bub.
Ganz mit Bedacht geboren und doch nicht an seinem Geburtstag geboren worden zu sein.
Er war ein komischer Bub.
Er hatte zwei dreckige Hunde kleine gelbe mit viel Fell aber wenig Pflege.
Sie heißen Nimmerschlaf und sein Bruder Schlief.
Nimmerschlaf und Schlief gingen immer nachts mit Brav fischen. Nimmerschlaf bellte die ganze Nacht und Schlief schlief.
Brav war ein reicher Junge. Eines Tages, es hätte sein Geburtstag sein können weil er nicht an seinem Geburtstag geboren war und jeder Tag sein Geburtstag sein könnte also eines Tages traf er den Buchstaben A der ein kleines Mädchen namens Annie war. Annie war sehr schön, alle konnten das an Annie sehen alle Tage und weil also Annie an ihrem Geburtstag geboren war ihr Geburtstag war der siebzehnte

Februar schaute Brav sie gern an und heute nicht an ihrem Geburtstag aber an einem Tag sagte er also Annie wohin gehst du denn heute. Und dann machte er weiter er sagte er sagte heiter ich bin reich und stark auch wenn du sagst so ein Quark aber ich gebe dir all mein Geld weil du die Schönste bist auf der Welt. Das tat er, er gab ihr all sein Geld und sie nahm es ihm ab und dann war es kein Tag mehr weil es war die Nacht, und Brav der immer ganz blaß vor Spaß war ging fischen in einem Fluß der floß und goß so stark er konnte. Brav fischte immer mit einem Licht.
Das sollte niemand tun weil das die Fische blendet und sie sehen nicht wo wenn es leuchtet so loh es gehört sich also nicht so. Aber Brav tat es er fischte bei Nacht mit einem Licht. Und heute Nacht, jawohl heute Nacht, ertrank er in der Nacht, ist zu Tod ertrunken in der Nacht, und Nimmerschlaf bellte die ganze Nacht und Schlief schlief und Annie hatte all sein Geld und kaufte sich die Welt, und Brav war nie wieder vor Spaß ganz blaß. Und die Fische hatten Ruhe jede Nacht.
Sowas passiert wenn man nicht an seinem Geburtstag geboren ist, das sagen alle so daß das passiert wenn man nicht an seinem Geburtstag geboren ist.

Dann kommt C für Charlie.
Charlie ist ein Junge dessen Vater Schokoladebonbons machte.
Sie hatten alle Geburtstag.
Januar.
Ach ja sagte er und schmollte. Wenn ich nur Geburtstag haben könnte wann ich wollte.
Wenn ich einen Geburtstag haben könnte außer, Januar sagte er Januar und er schmollte.
Welcher war es denn.
Er wußte nicht welcher es war er wußte nur er hieß Silly er hatte einen Hund namens Billy und er wünschte sich ach wie er sich wünschte daß sein Geburtstag, daß er einen Geburtstag hätte, sagen wir er hätte einen Geburtstag, an welchem Tag wäre sein Geburtstag, ach an welchem Tag und darauf gab es nichts zu sagen einfach nichts zu sagen er hatte keinen Geburtstag.
Am ersten Januar.
Niemand weiß was er sagte ach je.
Nur er
Geburtstag sagte er.
Egal sagte er.
Und er hieß Charlie.
Das ist die wahre Überraschung. Das, daß er Charlie hieß.
Er wußte das nicht. Nein das wusste er nicht. Er hieß Charlie und der Januar war sein Geburtstag, der ganze Monat Januar jeder Januartag war sein Geburtstag.

Jetzt wißt ihr weshalb er wollte und weshalb er schmollte. Das würde jeder.
Es ist schön Januar Geburtstag zu haben weil er schnell kommt dann allerdings kommt er nicht wieder.
Charlie mußte an alles denken.
Und doch konnte er nicht anders, sein Geburtstag oh je weshalb denn schmollen wollen, sein Geburtstag oh je oh je oh je.
Januar, Charlie, der Neumond, und die Herrlichkeit.
Geburtstage.

D ist für Dora David Dohle und Darling.
Und ihre Geburtstage.
Dora wußte daß Vögel fliegen konnten, David auch, aber nicht Dohle und Darling, Dohle und Darling wußten daß es nicht wahr war, sie wußten der Januar war belegt, kein Geburtstag, und im Februar waren Geburtstage knapp und später war es zu spät.
Oh je sagten Dohle und Darling, keine Geburtstage, nicht ein Geburtstag nicht ein einziger kleiner Geburtstag.
Es ist ganz verblüffend mit Geburtstagen, manche Leute sind an ihrem Geburtstag geboren und manche nicht.
Dohle und Darling und sie wußten das und sie wußten daß es alle wissen würden. Oh jemine.
Dohle. Viole. Kapriole.
Kein Geburtstag.
Acht wacht gelacht.
Keine Geburtstage.
Darling.
Also Darling meinte es wäre nett und auch komplett wenn man einen hätt.
Dann hätt doch einen, hätt doch einen Darling.
Darling sprach mit sich selbst. Sie sagte hätt einen hätt einen hätt.
Niemand wußte was sie wollte aber es war ein Geburtstag, natürlich war es ein Geburtstag den sie wollte, sie brauchte ihn unbedingt.
Und dann hörte sie Dora und David und sie aßen Fisch und sie sagten natürlich hatten sie einen

Geburtstag sie hatten alle einen und nicht nur das sie waren an ihrem eigenen geboren.
Dohle stieß einen langen Seufzer aus.
Sie sagte sie würde es versuchen. Einen Geburtstag zu haben ach je.
Und Darling sagte ich auch
Ich war auch nie geboren überhaupt nie.
Ich war nie geboren sagte Darling.
Und Darling war ganz traurig.
Traurig immerzu sagte Darling,
Und wer bist du fragte Dohle.
Ich hatte nie einen Geburtstag sagte Darling, und gerade dann kam Charlie an und er sagte einen ganzen Monat von Geburtstagen der ganze Januar nur der Januar der kam so früh, gerade so gern wär er an einem Mittag geboren.
Oh je sagten sie alle.
Ich war auch geboren.
Ich nicht sagte Dohle ich war nie geboren, ach je und sie heulte und sie seufzte und sie sagte oh je.
Ja Geburtstage sind sehr günstig.
So kommt D nach C. Genau danach. C ist egal ob D nach C kommt oder nicht es ist ihm ganz egal. C ist C. Was macht es C denn aus wenn D nach C kommt.
Aber D macht es etwas aus es macht ihm eine Menge aus das heißt wenn es so ist daß E nach D kommt. Es macht für D einen Riesenunterschied daß E nach D kommt. Manchmal sagt D schlimme Worte zum E sagt komm nicht hinter mir hergezogen, ich habe genug vom E, laß mich. Aber so ist es es ist sinnlos ein Theater zu machen E ist immer da, es ist besser man ist wie C und es macht nichts aus. Aber so war D nie, es konnte einfach nicht anders als sich aufzuregen daß immer das E da war es konnte nicht anders

als sich aufzuregen das D und E also E war D gewohnt und sagte bloß blöde Kuh, nein sagte D es ist nicht Q es ist E das E ist es das ich nicht da will, ist doch mir egal sagte E und so fing es an und das D ist gerannt und das E ist auch gerannt und Annie saß an der Wand und Papier fing an und A und B und C und D und E lag daran daß nichts nach E kam.

Aber es kam doch das F kam nach dem E was ganz aufregend zu sehen war und sie hofften es würde ein Rennen ums Karee werden das sie rannten oder sie würden Ball fangen und um den Fall bangen aber gar nicht, sie mußten da sein auf Abruf B nach dem A und C nach dem B und D nach dem C und E nach dem D und F nach dem E. F kommt in darauf und das tut es flink. Vergiß mein nicht.

Also kommt hier E.
Niemand darf vergessen daß E nach dem D kommt. Edith, Eduard, Eagle und Essen.
Edith war spät geboren, sie war einen Monat oder so zu spät geboren.
Sie hätte am fünften Juni geboren werden sollen und sie meinte das sei zu früh also wurde sie am fünften Julei geboren oh wei. Also wußten alle daß der Tag falsch war also sagten sie nicht sie wäre an dem Tag geboren also mußte sie einfach mitmachen und sie machte ein Lied, das ging, ich bin voraus ich bin voraus, denn Julei ist besser als Juni, und der vierte Julei ist noch nicht vorbei, und hier bin ich nicht im Juni sondern im Julei, ach warum, aber ich weiß natürlich warum, es ist weil der fünfte Julei der Tag ist um den Himmel zu sehen.
Edith sah immer den Himmel. Es war eine Angewohnheit. Andere mochten versuchen den Himmel zu sehen aber sie schaffte es immer selbst in einem dichten Wald vermochte nichts Edith daran zu hindern den Himmel zu sehen, und das ganz zu Recht.
Warum nicht. Wenn nicht. Warum dann nicht.
Es läßt den Himmel blau aussehen.
Es läßt den Himmel rosa aussehen.
Es läßt den Himmel schwarz aussehen.
Es läßt den Himmel blau aussehen.
Aber wenn Edith den Himmel sah war er nicht rosa oder schwarz oder weiß oder blau, Edith konnte hindurchsehen

und wenn sie hindurchsah war ihr klar daß grün nicht blau war, lila war blau, gelb ist nicht blau aber schwarz ist blau.
Andere kamen durcheinander mit den Farben des Himmels. Aber nicht Edith. Sie wußte warum. Und der Grund daß sie wußte warum war daß sie am fünften Juli geboren war. Geburtstag oder nicht war ihr egal, sie wußte warum der Himmel blau war, warum der Himmel rosa war, warum der Himmel schwarz war und blau.
Sie wußte es genau.
Es brachte nichts sie zu fragen,
Sie verriet es nie.
Sie sagte sie brachten in ihr etwas zum Klingen
Und das war weil sie nicht im Juni geboren war der zu früh war sondern im Juli am fünften Julei nebenbei.
Und sie sagte nie warum.
Sagte nie nie nie warum.
Essen versuchte sie dazu zu verführen es zu verraten.
Er wußte sehr gut wie.
Alles was er sagen mußte war ja ja
Und allen war klar daß er alles zu tun hatte.
Essen hieß er und Essen war sein Wesen
Und er versuchte Edith zum Verraten zu verführen.
Aber nicht einmal Essen konnte Edith zum Verraten verführen.
Nein sagte Edith nein.
Eduard und Eagle und Essen sagten ach Edith verrat es.
Nein sagte Edith nein.
Und Eduard und Eagle und Essen ereiferten sich so Edith zum Verraten zu verführen daß sie nicht genau wußten was Edith ihnen verraten

sollte. Und wußte denn Edith genau was sie ihnen allen verraten sollte. Nein Edith wußte daß sie am fünften Juli geboren war und daß sie Ach je sagen konnte, und daß egal wieviel alle es versuchen konnten sie sie nicht zum Verraten verführen konnten. Aber was, also das hat sie vergessen und sie auch, aber sie sagten nie Was, sie waren so beschäftigt sie zum Verraten zu verführen und sie war so beschäftigt nie zu sagen nie würde sie verraten daß sie nicht wußten was es war das sie verraten sollte und erst als sie etwas hörten das wie eine Glocke klang die Was Was Was machte, wußten sie alle daß es war was sie vergessen hatten, nur was, also was, was denn, Was was Was.

Und so gingen sie alle schlafen und es kam F. Ja das war es es war F.
Aber niemand darf vergessen noch nicht daß F nach E kommt. Franz, Fatty, Fred und Fanny.
Jedesmal wenn Fatty hinausging sah er ein vierblättriges Kleeblatt. Sonst war nichts mit Fatty.
Aber mit Franz war viel mehr.
Franz, Franz Pütz hieß er; es ist ein komischer Name aber es war trotz allem sein Name. Er mochte Hunde aber er hatte vor ihnen Angst und über Vögel zu sprechen war ihm lieber.
Er hatte eine Schwester die war ganz winzig, sie war nur ein Jahr jünger als er und Franz war normal groß für sein Alter aber sie war winzig. In diesem Teil des Landes sind alle Katzen winzig, es gibt keine großen und vielleicht also es hatte natürlich nichts damit zu tun, aber sie war nur ein Jahr jünger und sie hieß Fanny Luzie und sie war winzig.
Sie konnten mit dem Ball spielen der dem Hund gehörte aber mit dem Hund konnten sie nicht spielen weil sie vor ihm Angst hatten. Sie wußten daß Nimmerschlaf und sein Bruder Schlief Fangen spielten, sie sahen sie, und sie wußten daß sie Kämmerchenvermieten spielten, das hat ihnen jemand erzählt, aber und da gab es keinen Zweifel, Franz Pütz und seine Schwester Fanny Luzie hatten Angst vor Hunden und sie hatten weiterhin Angst vor ihnen. Sie waren alle zusammen draußen sie und die Hunde aber Franz und Fanny Luzie sahen immer weg weg

von ihnen soweit sie konnten. Nimmerschlaf war eigentlich nicht da, sie wußten bloß von ihm, und Schlief war weggebracht worden damit sie ihn nicht sehen konnten. Also setzten sie sich hin und spielten mit Schliefs Ball. Schlief hatte nichts dagegen weil er Stöcke lieber hatte als Bälle und Franz und Fanny Luzie mochten eigentlich auch keine Bälle zum Spielen außer nur zum unter den Beinen Durchrollen wenn sie mit gespreizten Beinen standen und niemanden fanden der den Ball unter ihnen hindurchrollte. Durch das Loch Durchpassieren nannten sie das. Das taten sie. Es waren keine Hunde da und alles war still. Jetzt genau.

Und dann kamen sie und sie gingen an ihnen vorbei und sie gingen in ein Haus, ein Mann und dann eine Ziege und dann eine Frau und dann ein Hund und dann ging die Tür zu.
Franz kannte niemand hatte es ihm gesagt aber er kannte den Namen des Mannes und des Hundes und der Frau und der Ziege und daß er ihre Namen kannte machte Franz einfach Angst. Aber Franz konnte ja alles Angst machen. Er war der Sohn eines Hauptmanns und einer seiner Großväter war ein Oberst und der andere war ein General und Franz konnte einfach alles Angst machen.

Ziegen haben keine Namen aber Menschen haben welche aber Franz interessierte nie wie ein Mensch hieß oder ein Hund aber Hunde haben Namen. Franz behielt nur seinen eigenen Namen,
Franz Pütz.
Franz hatte Angst und dann holte er tief Luft und dann sah er auf seine Schwester und er war froh daß sie winzig war denn dann mußte er sie nicht verlassen um dem Mann der Ziege der Frau und dem Hund zu folgen.
Und dann war Nacht.
Niemand wußte wie das kam.
Niemand.
Und es war dunkel.
Und die kleine Schwester war nicht da.
Später sollte es heißen sie sei fünf Meilen fortgewandert.
Und das war sie.
So klein sie war das war sie.
Es war dunkel und es war Nacht und es gab kein Licht.
Es war ein lustiges Land, es gab Berge aber sie stiegen nicht hoch, was es aber wirklich gab war eine Menge Wasser, und mitten in dem Wasser war ein Fluß.
So kann es gehen.
Am nächsten Tag es war Freitag hatten Franz und Fanny Luzie ein kleines Brüderchen.
Dieses Lied sangen sie.

Komm Glühwürmchen mach Babys Nase hell.
Komm Glühwürmchen mach Babys Nase hell.
Komm Glühwürmchen mach Babys Nase hell.
Komm Glühwürmchen mach Babys Nase hell.

Dann waren sie alle zusammen glücklich.

Dann eines Tages es war Montag sie hatten sich alle verlaufen und es gab nichts zu essen außer Gras, also aßen sie alle Gras

Sie wußten daß Gras wuchs, sie wußten daß es viele Arten von Gras gab und sie mochten nicht jede Art die wuchs.
Also sich verlaufen zu haben macht fast alles gestern was Sonntag war und damit hat es sich.
Aber doch gab es Geburtstage noch.
Franz war an einem Tag geboren der Angst machte weil es an dem Tag ein Erdbeben gab. Fanny Luzie war an einem Tag geboren der schlimm war weil es so heiß war daß Butter schmolz, und dem Baby ging es besser, das war an einem Tag geboren der feuchter war als jeder andere Tag aber feuchter ist immer noch besser als jeder andere Tag.
Dann hatte niemand von ihnen mehr einen Geburtstag.

Und jetzt kommt G nach F. Was hast du gesagt ich habe gesagt G kommt nach F. Das tut es jedenfalls.
G ist Georg Gelee Gustl und Gertrud
Niemand ist so ein Tunichtgut
Sich nicht zu erinnern an Gertrud.
Georg wußte alles über Donner und Blitz aber er setzte sich immer hin.
Er setzte sich hin wenn er einen Blitz sah und er setzte sich hin wenn er einen Donner hörte. Nicht weil er Angst hatte sondern weil er sich gern hinsetzte.
Er setzte sich immer mit böser Miene hin.
Das hieß daß er keinen Donner mochte und daß er keinen Blitz mochte.
Er sagte gern er würde alles so schnell wie der Blitz machen. Er sagte gern er würde einen Krach machen wie der Donner.
Das war Georg.
Komisch daß du Donner und Blitz gesagt hast wenn es doch der Blitz ist der zuerst kommt nicht der Donner.
Als Georg ein kleiner Junge war ging er fort. Wohin er ging kann niemand sagen aber sie sahen Georg nie wieder.
Georg hatte graues Haar als er ein kleiner Junge war aber das war klar, Haar kann in einer einzigen Nacht weiß werden und das hat Georgs Haar gemacht. Ob er deswegen fortging oder nicht wer kann das sagen.
Bevor Georg fortging gab er seine Katze fort. Er

hatte mehr als eine Katze aber er gab nur eine fort. Das war vielleicht weil sie Herfort hieß.
Komm her Herfort hatte Georg immer gesagt und die Katze kam und folgte Georg nach und sie zweifelte nie daran daß Georg Georg war.
Dann wurde Georgs Haar grau und die Katze Herfort blieb dann immer fort.
Alles kann eine Katze beunruhigen und Herfort beunruhigte das.
Wenn Georg einen anderen Geburtstag gehabt hätte hätte alles anders sein können aber er hatte einen Geburtstag am ersten April. Und er weinte als er geboren wurde und er sagte ich habe versucht nicht am ersten April geboren zu werden und er weinte unverzagt den ganzen Tag und vielleicht weinte er ein bißchen an jedem Tag.
Vielleicht war das der Grund daß sein Haar grau wurde weil er jeden Tag ein bißchen weinte und am ersten April geboren war.
Jedenfalls ging er fort und bevor er fortging gab er seine Katze Herfort fort.
Sein Haar war grau und er ging fort und er war ein kleiner Junge und sein Haar war grau und er war am ersten April geboren. Er war ein kleiner Junge und sein Haar war grau und er war am ersten April geboren und er ging fort und bevor er fortging gab er seine Katze Herfort fort.
Alles was er mitnahm als er fortging waren fünf reichhaltige amerikanische Kekse. Seine Mutter machte immer zwölf davon, sieben davon hatten sie gegessen also blieben fünf übrig und er nahm also fünf davon mit als er fortging.
Wie gehts sagte er zu sich als er fortging. Sehr gut danke schön sagte er zu sich als er fortging.
Bevor er weit fortgegangen war waren die fünf

reichhaltigen amerikanischen Kekse Brösel und die Vögel kamen und nahmen sie fort, von Georg dessen Haar grau war und der am ersten April geboren war.
Georg war immer beinahe nichts und er photographierte gern. Die Kekse konnte er nicht photographieren weil sie fort waren also photographierte er Donner und Blitz. Zuerst photographierte er den Donner und dann photographierte er den Blitz und dann legte er sich zum Schlafen unter einem großen Baum nieder. Ein großer Baum hat keine Wurzeln wie ein kleiner Baum. Ein großer Baum der so hoch wächst daß niemand seine Kleider zum Trocknen auf ihn hängen kann, hat keine Wurzeln so wie ein kleiner Baum. Er sitzt einfach auf dem Boden aber er ist so groß und rund daß er sich nicht schütteln läßt, selbst wenn er so hoch wie der Himmel geht. Stell es dir vor und versuch es, ein dicker Junge läßt sich schwerer schütteln als ein dünner Junge und Georg war cin dünner Junge also schüttelte er sich, er schüttelte sich immer wie ein Tatterich, er schüttelte und schüttelte sich, das war der Grund warum die reichhaltigen amerikanischen Kekse fortgebröselt sind, das ist der Grund warum sein Haar grau war, das war der Grund warum er am ersten April geboren war das war der Grund warum er fortging und das war der Grund warum er seine Katze Herfort fortgab. Er war so dünn daß er sich immer schüttelte, und so ging er schlafen wo der größte Baum der jemals wuchs sich ganz sicher, nicht schütteln würde. Nicht einmal bei einem Erdbeben.
Der arme Georg, er schlief ohne Unterlaß, und er war nicht einmal naß,

er schüttelte sich so daß kein Regen auf ihn tropfen konnte und er schüttelte sich so daß er so dünn war daß er nie einen Zwilling haben konnte.
Aber merkt euch für immer daß er auf Bäumen Äste mochte die morsch waren, er war so dünn daß sie nicht auf ihn fallen konnten, sein Haar war grau weil er so dünn war und er ging fort weil niemand ihn finden konnte so dünn war er er mochte Donner und Blitz weil er so dünn war, sie konnten ihm nichts tun, also wurde er immer und immer dünner und sein Haar wurde immer und immer grauer und der große Baum wurde immer und immer größer und drei mal drei machte immer und immer öfter vierundzwanzig und der Blitz und der Donner wurden kräftiger und lauter und die Katze Herfort war fortan tot und die reichhaltigen amerikanischen Kekse waren weit fort, die Vögel hatten sie fortgenommen und was konnte Georg tun oder sagen, er konnte einmal am Tag ein Photo machen aber das reichte nicht um seine Reise zu bezahlen, er hatte keine Reise zu bezahlen, der arme Georg der arme liebe dünne Georg der arme liebe dünne grauhaarige Georg der arme Georg in einem Wort gesagt war er fort der arme liebe dünne grauhaarige Georg der war ein dünner grauhaariger Junge und er hatte kein Spielzeug und er hatte keinen Spaß und der Blitz und der Donner waren heller und lauter und der große Baum war größer und er war dünner und recht bald ja recht bald, war da kein Mittag den gibt es nie wenn man am ersten April geboren ist, dann gibt es keinen Mittag keinen Mittag, und recht bald und auf vielfältige Weise verschwand Georg der liebe Georg verschwand fort fort, er war am er-

sten April geboren, er war grau, er war dünn er ging fort er wußte alles über Blitz und Donner er war unter dem größten der großen Bäume und das war kein Wunder, Georg Georg es war kein Wunder Blitz und Donner Georg am ersten April geboren war fort verschwunden.

Nach G kommt H wie Henry.
Henry und Harald und Henriette und House.
Harald war der letzte der Sachsenkönige.
Henriette de Dactyl, Jetta von Blickensdörfer und Mr. House.
Henriette war eine französische Schreibmaschine Jetta war eine deutsche Schreibmaschine und Mr. House war ein amerikanischer Schreibmaschin und sie wohnten alle beieinander, sie klickklackten miteinander nur machte Mr. House den wenigsten Lärm. Sie waren alle drei Maschinen und sie arbeiteten an allen Tagen und sie hatten nichts zu sagen und so war es.
Die Natur schläft nie.
Das sagte die kleine Maschine die Schreibmaschine Henriette de Dactyl zu sich selbst die Natur schläft nie, aber sagte Henriette de Dactyl ich bin nicht die Natur weil ich jedesmal jedesmal wenn sie mich allein lassen schlafe ich, ich kann immer schlafen, ich wollte ich könnte Kekse backen, ich wollte ich könnte Bäume pflanzen, ich wollte ich könnte Hammelkeulen kochen, ich wollte ich lebte in einer Allee aus Blumenkohl ich wollte ich wollte sagte Henriette de Dactyl und dann machte sie klick klack und sie sagte die Natur schläft nie, und sie war eingeschlafen. Jetta von Blickensdörfer sagte ich bin die Natur weil ich schlafe mit einem Auge einem Auge einem Auge, sagte Jetta von Blickensdörfer und wenn man nur mit einem Auge schläft kann man nie weinen.

Diese zwei Schreibmaschinen waren ganz kleine man konnte sie herumtragen und Jetta von Blickensdörfer war ganz stolz wenn man sie herumtrug, und sie hielt immer ein Auge offen wenn man sie herum trug, sogar wenn man sie auf ein hohes Regal stellte sie vergaß sich nie und sie hielt immer ein Auge offen sogar wenn die Schranktür zu war.
Henriette de Dactyl war da anders, sie sagte die Natur schläft nie aber eine süße Henriette de Dactyl schläft sehr gut, sie wollte auch gern wo wohnen aber sie wollte nicht in einer Blumenkohlallee wohnen, sie wollte in der Melonenstraße wohnen, und sie wollte Rettich essen und sie wollte Salat essen und sie wollte gebackenen Fisch essen und Suppe. Und wenn man sie herumtrug und weil sie eine ganz kleine Maschine war mußte sie herumgetragen werden dann machte sie immer beide Augen zu so fest sie konnte und sie quietschte immer ein bißchen so fest sie konnte, und dann hoffte sie immer daß es hell wäre wenn man sie auf ein Regal stellte aber wenn es nicht hell war sagte sie das sei fein, ganz fein kein Mondenschein und sie schlief einfach ein beide Augen fest zu.
Aber Mr. House der war keine Maus er war ein großer dicker Schreibmaschin, man konnte ihn nicht herumtragen, man konnte ihn bloß überdecken.
Das machte ihn zu so einem netten Liebhaber. Man konnte ihn nicht herumtragen aber man konnte ihn eben überdecken.
Also dachten Henriette de Dactyl und Jetta von Blickensdörfer oben auf ihrem Regal droben beide sie könnten nicht weiterleben wenn sie Mr. House nie wieder sehen würden.

Da waren sie sicher, und Henriette gackerte wie eine Henne, sie wußte daß sie sterben würde wenn sie es nicht schaffte Mr. House den amerikanischen Schreibmaschin wiederzusehen. Und Jetta stöhnte und tönte und wußte sie würde wie ein Stein sein wenn sie nie wieder nie nie nie wieder Mr. House den amerikanischen Schreibmaschin wiedersehen würde.
Da waren sie also und überall war niemand, würden sie also könnten sie täten sie können sie werden sie sollen sie sollen sie nicht können sie nicht könnten sie falls sie, wenn sie, plötzlich hörten sie eine Stimme sagen, wenn ihr wärt und da waren sie wie sie waren.
Furchtbarer furchtbarer Tag um zu sein wie sie waren.
Die Natur schläft nie sagte Henriette.
Vergiß vergiß sagte Mr. House.
Gewiß sagte Jetta.
Und dann fühlte sie sich gleich viel besser.
Aber Henriette wußte und Mr. House auch daß wenn der Hahn krähte und die Maus mähte es Sonntag wäre.
Also also gut Montag kommt nach Sonntag.
Du liebe Güte sagte Henriette, ich bin noch nicht geboren.
Mr. House sagte mit feierlicher Stimme Schreibmaschinen werden nicht geboren sie werden gemacht, und sogar wenn sie immer in der Nacht sind, werden sie gemacht.
Oui oui, sagte Henriette oui oui.
Ja ja sagte Jetta ah.
Und Mr. House sagte nichts weiter, weil er kein Schwätzer war und er wär einer gewesen klar wär er einer gewesen wenn er noch etwas gesagt hätte.

Partout partout partout.
Mach die Tür die Tür zu.
Sie ist zu sagte Henriette.
Noch nicht sagte Jetta.
Und so gingen die drei Schreibmaschinen in den Krieg, sie sagten sie würden, sie würden sagten sie.
Henriette fiel vom Regal.
Jetta war jetzt einzig dort übrig.
Mr. House schnell wie eine Maus hörte den Lärm, er kam nicht um sich zu kümmern weil er dachte er hätte ein Wimmern gehört und das hatte er, aber es gab keine Schererei, Henriette war vom Regal gefallen aber sie war nicht Brei, sie sagte bloß sie würde Scherereien machen und das tat sie, und Mr. House schnell wie eine Maus deckte sie mit seinem Tuch zu er hatte natürlich eins es überdeckte ihn und da waren sie also Mr. House und Henriette und es war gut daß sie da waren, und Jetta ganz allein auf ihrem Regal konnte nicht auf sich aufpassen, sie machte sich einfach schmutzig und weinte und wenn man versuchte ihre Tasten zu drücken dann klemmten die immer so, also so nicht, nein es hatte keinen Sinn, kein Sinn darin, sie hätte genausogut aus Zinn sein können, und Mr. House kam ganz gut voran und auch Henriette die gern gesund aussah wenn sie sagten sie würde gern erzählen wie man vom Regal fällt und sich nicht groß verletzt, es tat ihr so gefallen es allen zu erzählen.

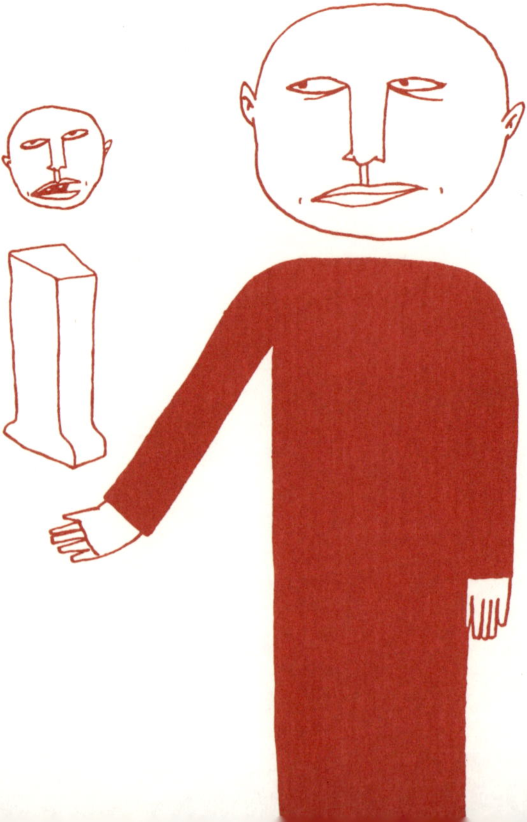

Und I kommt nach H, es klingt nicht richtig aber es ist H und dann I es ist besser H und dann I zu probieren, H und I macht Hundi.
I ist Inka Isaak Irresistible und Inez.
Isaak sagte er sei besser, aber war er das tatsächlich.
Isaak sagte er würde sich besser fühlen aber tat er das tatsächlich. Isaak sagte Kinder sollte man sehen können und nicht hören aber sollte man das tatsächlich. Isaak sagte achtzig sei mehr als vier aber ist es das tatsächlich. Isaak sagte Brükken seien nasser als Wolken aber sind sie das tatsächlich. Isaak sagte Tinte sei schwärzer als blau aber ist sie das tatsächlich. Isaak sagte Wasser sei nasser als Puppen aber ist es das, Isaak sagte ja sei schneller als nein aber ist es das tatsächlich. Isaak sagte Butter sei weißer als Schnee aber ist sie das tatsächlich. Isaak sagte Blätter seien rot, aber sind sie das; Isaak sagte er habe gelesen er sei tot wenn er weggehen würde, und sagte was er sagte aber würde er das tatsächlich. Isaak sagte es sei besser rot zu sein als blau aber stimmt das tatsächlich. Isaak sagte eine Uhr würde stehenbleiben wenn man was was sagt, aber würde sie das tatsächlich. Isaak sagte er habe einen Kopf getroffen und wenn er einen Kopf treffen würde würde er ihn schlagen, aber tat er das tatsächlich. Isaak sagte er habe geändert was er gesagt hat damit es wiederkommt und er sich dazusetzt, aber tat es das tatsächlich. Isaak sagte eine Gelegenheit zum

Freien würde kommen wenn er jemand sehen würde, aber kam sie tatsächlich. Isaak sagte es wäre recht wenn er jede Nacht wachbleiben würde, aber tat er das tatsächlich. Isaak sagte wenn er rennen würde würde er immer beginnen aber tat er das wirklich. Isaak sagte ganz und gar nicht, ganz und gar nicht, und dann sagte Isaak jedes ist alles jedes ist alles und Isaak sagte ich bin ganz groß aber ist er das tatsächlich.

J kommt nach I natürlich kommt es da, natürlich war es das das J. Jodelvogel, der Jodelvogel ist ein Vogel, ein Vogel der wenn er kommt ißt er Erbsen und kleine Daumen. Natürlich kommt er, er ist grau und schwarz und wollte er wäre ganz schwarz weil dann niemand merken würde daß er wieder da wäre aber natürlich habe ich an eine Elster gedacht. Aber J ist noch anderes es ist Jakob, Jonas, Juwel und Jenny, und alle können noch mehr fragen.

Aber und hier muß es immer mehr als einen geben es muß immer vier geben, keinen mehr hier, nur vier. J ist auch just, just deswegen, das ist keine Lüge, just weshalb oder weswegen, ja ja.

Aber schließlich ja ja und man kann nie sagen ob es ein Kragen ist oder ob es just ist. Also jedenfalls kommt I vor J.

Es ist nicht gelogen, es kommt dann es kommt just vor J selbst wenn man ein Jota bezahlen muß und das hat man just gemußt, nicht gemußt sondern just.

Um also zu sagen daß I vor J kommt denk an I wie Ivy.

Ivy war Ivy, sie war Ivy beim Namen und Ivy vom Naturell und sie war am fünften August geboren, was für ein schöner Tag für einen Geburtstag, der fünfte August, es ist so warm er ist niemals kalt und niemandem muß man je erzählen daß es kalt ist weil es nie kalt ist.

Und so war Ivy Ivy beim Namen und Ivy im

Naturell und sie war warm wie der August und klein und rund wie die 5, und da war sie und was geschah ihr. Also sie verliebte sich in einen König. Es war so ein schöner König und so hat sie sich in ihn verliebt.

Es hat keinen Sinn ein schöner König zu sein wenn ein König schön ist also so etwas gibt es gar nicht.

Und so verliebte sich Ivy in einen schönen König und in Wirklichkeit gibt es so einen gar nicht.

Aber verlieben tat sie sich in einen schönen König und er war König und sie war in ihn verliebt und er war schön und sie war in ihn verliebt.

Also sagte sie sie würde zu Hause sitzen und verliebt sein in einen schönen König. Und das tat sie sie saß zu Hause und sie war verliebt in einen schönen König. Und es war alles und er war schön und er war ein König und sie blieb zu Hause und sie war in ihn verliebt.

Und er kam sie besuchen ja das tat er und er sagte da bin ich und sie sagte ja, und er sagte da bin ich für immer und sie sagte ja, und er sagte ich bin ein König und sie sagte ja und sie sagte ja und so ein schöner König.

Also und bisher hatte er gewußt daß er ein König war aber er hatte nicht gewußt daß er so ein schöner König war. Und jetzt sagte sie ja und so ein schöner König. Dann sagten alle ja und so ein schöner König und dann sagte jemand sollte ein König ein schöner König sein sollte ein König so ein schöner König sein und bald sagten alle sollte ein König sie sagten sollte ein König ein schöner König sein sollte ein König so ein schöner König sein, und Ivy sagte ja, und alle

anderen sagten nein und der König sagte gar nichts, das tut kein König, und so eines Tages also eines Tages geschah daß er kein König war und Ivy besuchte die da saß und er sagte ich bin kein König, und sie sagte und so ein schöner König, und er sagte so ein schöner König und sie sagte so ein schöner König und so sagten sie setzen wir uns hin und sie setzten sich hin und Ivy sagte ja so ein schöner König und der König sagte ja und Ivy sagte ja und sie beide atmeten Zärtlichkeit und es war der fünfte August und sehr warm und es war der Tag an dem Ivy geboren war und es war ihr Geburtstag und der König hatte keinen, er hatte einen gehabt als er König war aber jetzt war er kein König er hatte keinen. Aber Ivy hatte jedenfalls einen, und wenn zwei eins sind dann ist eins eins, und Ivy und der König hatten angefangen und sie hatten nie gewußt daß zwei eins sind und alles was sie wußten war daß der fünfte August warm war. Was natürlich wahr war.

Also H. I. J. man muß h i j sagen damit man sicher ist daß J nach I kommt, das tut es nämlich.

Da waren zwei Brüder und zwei Schwestern Jakob, Jonas, Juwel und Jenny, sie stritten sich immer wer am größten war, sie stritten sich immer wer am ältesten war sie stritten sich immer wer am feinsten war sie stritten sich immer wer am kleinsten war und wenn sie stritten sagten sie immer sie würden den anderen ihren Geburtstag wegnehmen. Und das taten sie genau das taten sie, ganz genau das taten sie.

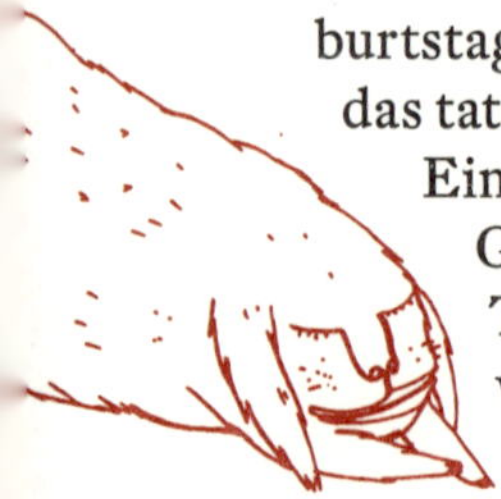

Eines Tages hatten sie alle jemandem den Geburtstag weggenommen und als der Tag um war hatte nicht einer von den vieren einen Geburtstag, sie hatten alles

was man mag aber sie hatten einfach als der Tag um war hatten sie einfach nicht nicht einer von den vieren hatte einen Geburtstag.
Und jetzt fragten sie sich was tun. Es brachte nichts zu buhen, alle hatten sie den Geburtstag vom anderen genommen und jetzt hatte keiner einen, weil sie alle sobald sie den Geburtstag vom anderen weg genommen hatten ihn weggeworfen hatten und später als sie alle ihre Geburtstage wieder haben wollten gingen sie sie suchen aber sie waren weg, vielleicht hatte sie eine Ente oder ein Hummer gefressen jedenfalls waren alle vier Geburtstage weg nicht einer von ihnen hatte einen.
Also beschlossen sie eine Anzeige aufzusetzen, sie sagten sie würden bezahlen damit irgendjemand ihnen ihren Geburtstag zurück gibt und wenn nicht den dann einen andern. Aber es war komisch niemand antwortete ihnen, offenbar gab es keine, keine Geburtstage abzugeben, also hatten Jakob und Jonas und Juwel und Jenny keinen alle vier zusammen hatten nicht einen einzigen.

Und dann erinnerten sie sich sie hatten von ihnen gehört es gab die Hunde Nimmerschlaf und Schlief vielleicht könnten sie denen während Nimmerschlaf bellte und Schlief schlief ihre Geburtstage weg nehmen. Und tatsächlich würde es Nimmerschlaf und Schlief nicht viel ausmachen nicht einmal wenn sie merkten daß ihre Geburtstage weg wären, aber und das war etwas anderes, es gab vier von ihnen Jakob, Jonas, Juwel und Jenny und es gab bloß zwei Geburtstage für die vier und sie stritten sich mehr als je zuvor und ziemlich schnell hatten sie die

Geburtstage zerrissen und jetzt gab es sechs ohne Geburtstage Jakob und Jonas und Juwel und Jenny und Nimmerschlaf und Schlief und sechs ohne Geburtstag sind einfach sechs zuviel.

Was konnte man machen.

Und dann waren alle so müde daß sie sich schlafen legten alle außer Nimmerschlaf und Schlief, das natürlich, und als sie schliefen träumten sie sie träumten daß es über einem breiten Strom vielleicht war es der Mississippi und er war eine Meile tief jeden Tag Geburtstage abzugeben gab also fingen alle vier, Jakob und Jonas und Juwel und Jenny an ihn zu überqueren wo Geburtstage zu bescheren waren, natürlich taten Nimmerschlaf und Schlief sich nicht darum scheren, und wie sie versuchten hinüberzuschwimmen ertranken sie alle vier, natürlich ertranken sie sie hatten keine Geburtstage also ertranken sie natürlich und der Schlaf von Nimmerschlaf und Schlief war tief und die Geburtstage fand man nie es waren keine da. Und das ist der Schluß einer traurigen Geschichte.

Also nach J kommt K. K ist einfach K, es sieht
anders aus es ist anders es ist K.
K ist Kiki, Katy, Kuchen und Küsse.
Kinder Küsse Kirche
Nicht minder Küsse Kirche.
Kinder Küsse Kirche
Nicht minder Küsse Kirche.
Katy, Katy Buss.
Fürbaß
Fürbaß.
Katy Buss.
Katy Buss bei Namen
Katy Buss die Dramen
Katy Buss Reklamen
Katy Buss zu ahnen.
Jetzt also.
Wie so
Jetzt also.
Katy Buss wußte wie man Kuchen backt.
Sie machte ihn. Katy Buss wußte wie man küßt
Sie küßte ihn.
Katy Buss kannte Kiki Buss.
Kiki Buss kannte Katy Buss
Und es war Guß und es war ein Fuder
Und es waren Datteln und es war Puder.
Und dann aß ihn Katy Buss tatsächlich.
Das klingt alles lustig aber es war Geld.
Mit Geld macht man Kuchen.
Seufzte Katy Buss.
Es war außerordentlich wie sie seufzte
Sie mochte ihren Geburtstag.

Sie mochte einfach ihren Geburtstag.
Ihr Geburtstag war am fünfzehnten.
Danach war er am einundzwanzigsten
Und danach war er am ersten.
Immer das gleiche Jahr immer der gleiche Monat
also sowas.
Notwendig aber also sowas.
Und jetzt hört her
Was Katy Buss zu sagen hat.
Sie steht auf einem Stuhl das ist cool.
Sie lehnt sich an einen Tisch der ist gewischt.
Sie liest ein Buch das hat sie genommen
Und sie läßt es sagen willkommen.
So macht sie das.
Sie sagte das und so tat sie das
Sie sagte geh und dann stieß sie in See
Sie sagte das wird es tun und rupfte alle Federn
von einem Huhn
Sie sagte dürfte ich schlittern
Und konnte Weiteres wittern
Und sie sagte heute ja heute,
Ja aus heute wird gestern.
Also sagte sie gestern also gestern war mein
Geburtstag.
Alle waren überrascht.
Das konnte schon sein.
Und um weiter zu wittern
Also jedenfalls gibt es genug zu sagen und Katy
Buss sagte es.
Und es gibt genug zu essen
Und Katy Buss aß es
Und es gibt genug zu wissen
Und Katy Buss wußte es
Und es gab genug zu kauen
Und Katy Buss kaute es.
Wer weiß was eine Kuh macht.

Eine Kuh kaut gekautes Gras.
Wer weiß was Katy Buss macht.
Sie macht und sie war.
War was.
Katy Buss.
Oh jemine sie wissen gar nichts fast.
Das war fast genauso wahrscheinlich.
Wissen gar nichts fast.
Katy Buss wurde puterrot beim Freuen.
Kiki Buss war das neu.
Und Klux Buss sagte Ahoi.
Niemand kam sind sie uns gram,
Und just dann,
Sehr wahrscheinlich war es just dann,
Flog Katy Buss weg, sie flog geradewegs weg und gab ihrem Geburtstag ein Bussi.
Du meine Güte mußte er sagen mußte ihr Geburtstag sagen aber das störte Katy Buss nicht. So war sie, sie war so daß sie das nicht störte.
Und es war just fast nichts
Aber sie hatte ihren Geburtstag,
Gut sie hatte ihren Geburtstag
Gut und schön sie hatte ihren Geburtstag.
Gut und schön und gut.
Gut
Gut sie hatte ihren Geburtstag.
Und niemand sagte was.
Und sie hatte ihn.
Sie hatte ihren Geburtstag.
An welchem Tag
Am ersten Tag.
Und in welchem Monat
Im dritten Monat
Und in welchem Jahr
Egal
Ach je.

Denk dran es ist also sowas.
Natürlich ist es das
Glaubs oder glaubs nicht natürlich ist es das.
Und Katy Buss konnte böse sein
Und das war sie.
Und das ist dazu alles.
L kommt nach K
Das mag dir gefallen oder nicht das tut es.

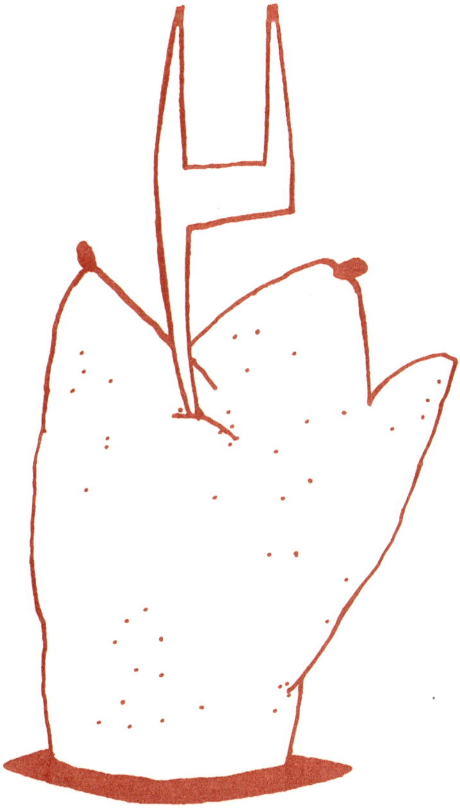

L ist Lilie-Leslie, Laß und Nach.
Also verstehst du das.
Dies ist die traurige Geschichte von Leslie-Lilie.
Lilie die immer alles Hügelige fand.
Leslies letzter Geburtstag der kleinen Lilie.
Wenn er sagte komm kam sie immer
Wenn er sagte geh geht sie immer
Komm komm sagte er und sie kommt
Geh geh sagte er und sie geht
Und er sagt komm komm und sie kommt
Und er sagt geh geh und sie geht
Und es geht ihr auf den Zeh
Und tut ihrer Nase weh
Aber trotzdem wenn er sagt komm komm kommt sie
Und wenn er sagt geh geh geht sie
Und das ist der letzte Geburtstag von Leslies Lilie.
Jede Henne hat einen Geburtstag, es klingt komisch wenn man es so sagt aber jede Henne hat einen Geburtstag jede Henne oder jedes Küken oder jede Lilie, das ist alles sonderbar.
Und jede Henne und jedes Küken und jede Lilie hat einen letzten Geburtstag. Manchmal sagen sie sie wollen ihren letzten Geburtstag alle zusammen haben, das Küken frißt die Lilie, die Lilie mag die Henne die Henne mag das Küken und sie sagen alle genug und Leslie ißt das Küken und das Küken sagte genug und Leslie aß die Henne und die Henne sagte genug und die

Lilie, die Tigerlilie, die weiße Lilie, die rote Lilie, die doppelte Lilie, Leslies kleine Lilie hatte mindestens einen Geburtstag und sie hat gesagt genug.
So hätte es sein können aber war es da so, die Henne ja aber nicht das Küken, Leslie ja aber nicht die Lilie, die Lilie war klein und weiß und dick und das, das war das Küken auch das Küken war klein und weiß und dick und es fraß Leslies Lilie und das wars. So hatte die kleine Lilie des kleinen Leslie ihren letzten Geburtstag.
Ihr erster Geburtstag war schwer zu sehen weil er sich nicht gezeigt hat er war so langsam aber der letzte Geburtstag war leicht zu sehen weil die Lilie immer auf dem Sprung war, sie hoffte auf Schnee aber selbst so war es sehr leicht zu sehen.
Wann also war ihr letzter Geburtstag. An welchem Tag genau.
Lieber nicht sagte Leslie.
Damit meinte er er hätte es lieber nicht daß die kleine Lilie einen Geburtstag hatte. Es wäre ihnen einfach lieber wenn nicht. Das meinte er als er sagte lieber nicht und lieber nicht hat er gesagt.
Aber die kleine Lilie hatte trotz allem einen Geburtstag sie hatte keinen Namen sie nannten sie alle nur kleine Lilie was sie ja war aber sie hatte keinen Namen keinen richtigen Namen kein Name den irgendjemand kennen würde war ein Name aber einen Geburtstag hatte sie. Man kann auch ohne Namen einen Geburtstag haben und das hat die kleine Lilie gemacht sie hatte einen Geburtstag ohne einen Namen und alle können jetzt verstehen warum Leslie auf

seine Hand sehen und lieber nicht sagen sollte. Und dann oh jemine was sah Leslie dann als er auf seine Hand herunter schaute, er sah daß er sie gepflückt hatte die dicke kleine Lilie, die dicke kleine Lilie und er hatte sie in der Hand. Das können alle verstehen.
O je.

M und N sind die Mitte des ABCs eins an einem Ende der Mitte und das andere am anderen Ende der Mitte und sie haben nicht die leiseste Ahnung ob sie sich ansehen sollen oder nicht. Sie waren nie bereit, eins sah in eine Richtung das andere sah in die andere Richtung.
Und so waren in einer Richtung Marcel, Marcelle, Minnie und Martin und N war Nero, Netty, Nele und Ned.
Als was war es gesagt oder gefragt.
Was war es.
Jetzt aber los.
Mann ist Mann war Mann wird in sein.
In was.
In einem Moment.
Nur nicht.
Nicht was
Nicht mehr als einen Moment.
Madagaskar.
Schließ bitte den größeren Teil einer Hälfte in ein Boudoir.
Und das haben sie gemeint.
Ich finde gut wenn sie denken zwanzig und zwanzig macht vierzig.
Ich hoffe doch auch du.
Also hör gut zu.
Marcel ist der Name eines Jungen und Marcelle ist der Name eines Mädchens.
Man braucht ein Auge um zu sehen daß das Mädchen Doppel-l e hat und der Junge hat nur ein l.
Man braucht ein Auge ein flinkes Auge oder ein

träges Auge aber ein Auge braucht man. Ein Ohr also ein Ohr ist schon gut aber es ist nicht genug man braucht ein Auge.
Marcel und Marcelle gingen zu einer Heiratsfeier. Eine Heiratsfeier ist wo man hingeht und guckt und wenn man sieht fragt man willst du mit mir verheiratet sein. Marcelle und Marcel hatten sich vorher nicht gesehen aber als sie durch die Tür kamen sagte er die für mich und sie sagte der für mich.
Und dann heirateten sie also und sie hatten zwei Kinder Minnie und Martin.
Und dann waren sie also vier und als die vier da waren geschah etwas.
Und es geschah.
Die Vögel fingen an zu singen
Sie sangen wie sonstwas.
Und dann hörten sie plötzlich auf
und setzten sich hin.
Und warum. Die Fledermaus,
die sie gesehen hatten, war es,
Die erste Fledermaus des Jahres.

Eine kleine schwarze Fledermaus die so
tat als wäre sie ein Vogel einfach so.
Und so hörten die Vögel auf zu singen und eine Fledermaus kann nicht singen
Das war für Martin und Minnie das Zeichen zu beginnen.
Das taten sie.
Inzwischen schauderte es Marcel den Vater und Marcelle die Mutter.
Es war die Fledermaus die sie dazu brachte die erste Fledermaus des Jahres.
Und dann ziemlich bald sahen Marcelle die Mutter und Marcel der Vater ein Glühwürmchen und sie waren wie verwandelt.

Es geschah also alles und es war Abend.
Hoch oben im Himmel so weit droben flog etwas es war kein Vogel es war keine Fledermaus es war kein Hut, es war ein Flugzeug und sonst nichts.
Bitte Herr Flugzeug flieg uns fort sagten Martin und Minnie und schrien schon fast.
Aber Marcel der Vater sagte bestimmt nein, es ist besser zu wiegen als zu fliegen, das sage ich euch.
Martin und Minnie gingen fort sie hatten nichts zu sagen aber sie wußten oh wie sie wußten daß es sich wahrscheinlich verwirklichen würde daß sie hoch droben wie ein Vogel am Himmel fliegen würden.
Papa Marcel und Mama Marcelle hatten sehr gut gesagt, man muß immer sehr gut sagen und Papa Marcel war auch einmal da droben gewesen. Papa Marcel wußte alles und er sagte genug ist genug. Und Mama Marcelle wußte alles und sie sagte genug ist genug aber Minnie und Martin die wußten gar nichts und so sagten sie nicht genug ist nicht genug es ist alles Unfug, wir wissen nicht genug nicht genug.
Während also Mama Marcelle und Papa Marcel schliefen und träumten träumten Minnie und Martin und sie waren wach und sie sagten es wäre besser als ein Kuchen auf dem Mond zu sitzen und zu schwimmen und auf den Wolken zu sitzen und zum Frühstück Vorhänge zu essen Vorhänge aus Himmel ach je sagten sie, ach je.
Sie schliefen nicht sie träumten und da plötzlich kam es gefallen ein Flugzeug kam und bevor sie wußten wohin waren sie drin. Und alle sagten kommt schnell heraus, nehmt einen Schirm und nennt ihn Strauß, öffnet ihn schnell und hinun-

ter wirds gehen im Nebel der schwach ist aber jeden Moment wird er wie Suppe sein und später dann werdet ihr wach sein jeden Moment.
Es war sehr wahrscheinlich daß nichts geschehen ist sehr wahrscheinlich, es war sehr wahrscheinlich daß es Papa Marcel und Mama Marcelle waren die wach waren und träumten und Minnie und Martin die schliefen und träumten, sehr wahrscheinlich.
Aber sie hatten ja den nächsten Tag.
Und jetzt sollte es eine große Party geben weil es der Geburtstag von allen war.
Der achtzehnte April war der Geburtstag von allen.
Alle waren gern am gleichen Tag geboren damit man sparte. Wenn der Vater und die Mutter und der Bruder und die Schwester am gleichen Tag geboren waren spart man viel mehr, weil dann die Geburtstagstorte ganz an einem Tag gebacken werden kann, die Feier kann man ganz an einem Tag machen, die Geschenke kann man alle am gleichen Tag haben, man spart viel mehr, um also zu sparen waren Marcel der Vater und Marcelle die Mutter und Minnie die Tochter und Martin der Sohn an diesem einen, diesem einen gleichen Tag geboren.
Wenn du meinst damit wären alle zufrieden hast du dich getäuscht.
Es waren nicht alle zufrieden.
Minnie zum einen war nicht zufrieden.
Martin zum einen war nicht zufrieden.
Marcelle zum einen war nicht zufrieden.
Marcel zum einen war nicht zufrieden.
Nicht alle waren es wenn man glaubt was man hört.
Es war gar niemand zufrieden.

Aber trotz allem wurde es so gemacht, sie waren alle am gleichen Tag geboren und was geschah dann. Also was geschah was geschah war daß dieser achtzehnte April vorbei war bevor sie alle damit fertig waren geboren zu werden und sie waren alle so gelaugt, so ausgelaugt vom Geborenwerden, daß sie als sie die Vögel singen und die Fledermaus fliegen und das Flugzeug schwirren hörten, daß sie einfach aufgaben was sie gerade taten, sie sagten sie wären einfach ausgelaugt vom Geborenwerden, sie würden keine Party haben oder Torte oder Geschenke oder sonstwas, das würden sie einfach nicht. Und seht ihr man sparte wirklich äußerst viel weil sie da sie alle am gleichen Tag geboren waren und sie alle zu müde waren davon alle am gleichen Tag geboren worden zu sein um noch einen Geburtstag zu haben hatten sie einfach gar nichts und dabei spart man sehr viel.
Und jetzt ist die erste Hälfte des ABCs getan und die zweite Hälfte des ABCs fängt an.

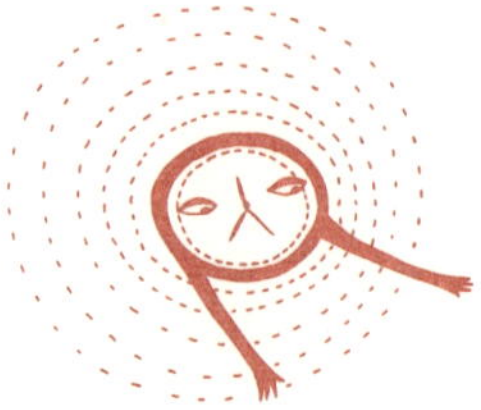

N fängt an.
Nero Netty Nele und Ned.
Es gibt sechsundzwanzig Buchstaben im ABC und die Hälfte von sechsundzwanzig ist dreizehn und dreizehn ist eine Unglückszahl, wenn man natürlich nicht anders kann und es eilig hat geboren zu werden und einfach nicht auf den vierzehnten warten kann oder wenn man immer ein bißchen langsam ist und nicht mehr am zwölften geboren werden konnte, dann bleibt einem nichts übrig als zu tun was sein muß, dann wird man am dreizehnten geboren, und das ABC das sechsundzwanzig Buchstaben hat hat zwei dreizehnte und man kann sehen daß sie sich Sorgen machen daß sie Unglück bringen weil man sie M und N nannte. Alle doch so ziemlich alle wissen doch wohl daß M und N Unglück bringen. Ihr habt gerade die traurigen Geschichten von den Marcels und Marcelles und Minnies und Martins gehört und jetzt kommt N und es kommt die triste Geschichte von Nero und Netty und Nele und Ned.

Sie ist ganz trist, sie konnten einfach nicht froh sein sie ist ganz trist, M ist ganz trist und N ist ganz trist und sie konnten einfach nicht froh sein und das war natürlich war das weil das ABC statt achtundzwanzig Buchstaben zu haben sich an die Arbeit machte und sechsundzwanzig hatte und die Hälfte von sechsundzwanzig ist dreizehn, und Hälften sind immer zwei und so mußten die ganze Zeit lang N und M dreizehn sein und beide konnten weder König noch Königin sein, auch keine Krähe oder eine Kuh oder eine Henne oder eine Lampe oder ein Haus oder eine Katze oder eine Maus, sie mußten eben dreizehn sein, sie konnten nichts dazwischen sein.

M ist dreizehn und dreizehn ist dreizehn und ach je. Wer hat ach je gesagt.

Nero sagte ach je und Nele sagte ach je und Netty sagte ach je und Ned sagte ach je und sie sagten alle ach je und sie sagten es wieder und immer wieder.

Ach je sagten sie ach je.

Und sie fanden es sehr schwer nicht immer ach je zu sagen. Sie sagten eben auch immer ach je.

Ach je.

Also da waren Nero und Nele und Netty und Ned und sie sagten alle ach je.

Daran war nur das ABC schuld das sechsundzwanzig Buchstaben hatte von denen die Hälfte dreizehn war.

Also sagten Nero und Netty und Nele und Ned, also wenn wir N haben müssen was sagten sie ist was es ist, und zweifellos ist N was es ist also sagten Nero und Nele und Netty und Ned da N ist was es ist laßt uns doch so böse sein wie wir können laßt uns doch alle am dreizehnten Geburtstag haben nur damit es zu N und zwar Nero und Netty und Nele und Ned paßt und laßt uns einfach nie zu Bett gehen.

Sie sagten alle ja laßt uns nie zu Bett gehen, laßt uns nie nie zu Bett gehen.

Laßt uns am dreizehnten laßt uns alle am dreizehnten geboren sein und laßt uns nie nie zu Bett gehen.
Sie beschlossen und das war sehr weise von ihnen das zu beschließen das zu tun weil angenommen sie hätten gesagt sie würden zu Bett gehen, was wäre da passiert also sie wären alle tot gewesen, das wäre dann passiert.
Ach je, was wäre passiert, genau das wäre passiert. Und so ist nichts passiert weil sie alle nicht zu Bett gingen.
Nach und nach standen sie alle auf anstatt zu Bett zu gehen und dann fingen sie an zu zählen und sie sagten vielleicht ist da ein Fehler, vielleicht ist der Montag der Sonntag und vielleicht ist dreizehn zwölf, vielleicht. Und dann würde eine von ihnen langsam aufstehen, ihr müßt euch erinnern daß sie nie niemand von ihnen nicht einer von ihnen jemals im Bett gewesen waren, und sie standen auf und sagten, sie sagten vielleicht, ach je, und dann sagten sie, vielleicht haben sie falsch gezählt, vielleicht ist der Mittwoch der Montag, vielleicht doch und vielleicht ist dreizehn fünfundzwanzig vielleicht womöglich, und vielleicht ist der Samstag der Freitag vielleicht und vielleicht ist N X vielleicht ja doch.
Sie vielleichteten alle so weiter und fast schliefen sie ein aber sie wissen sie hatten gesagt sie würden nie zu Bett gehen und was konnten sie also tun sie könnten aufstehen aber sie konnten nicht zu Bett gehen und das machten sie also.
Und so machten sie weiter Nero machte weiter und Netty machte weiter und Nele machte weiter und Ned war auch nicht weiter und sie machten alle ein Lied.

Wenn Freitag Montag wär
Und Dienstag Sonntag
Wenn Mittwoch Freitag wär
Und Samstag Montag
Wenn Sonntag Dienstag wär
Und Mittwoch Freitag
Wer würde sagen was ein Glückstag wär und wer könnt sagen ob mehr da wärn als gestern oder weniger als am Freitag.
Wer sagten sie, wer weiß wann wir geboren sind.
Wer weißs.
Und die Kuckucksuhr antwortete.
Wer weiß.
Wer weiß.
So sagte Nero es heißt Uhren sprechen, sie sagen wie spät es ist, wenn wir alle Uhren zerschlagen wird niemand wissen wann wir geboren sind und wir können sagen wir wären an gar keinem Tag geboren den sie sagen. Ja das wollen wir machen, sagten sie alle, und sie holten sich alle einen Hammer und fingen an Uhren zu zerschlagen, und dann sah sie jemand und sagte was macht ihr denn da. Wir zerschlagen Uhren sagten Nero Netty Nele und Ned, aber warum hieß es was haben die Uhren getan, sie haben gesagt wir wären geboren und wir wurden nicht geboren wir gehen nie zu Bett wir sind tot, und die Uhren sprechen immer und sie haben keinen Schimmer und zuhören wollen wir nimmer.
Ihr könnt sehen was das N für ein furchtbarer Buchstabe ist, einfach ein furchtbarer Buchstabe, und dann fing ganz plötzlich eine kleine Uhr an, sie sagte nicht wie spät es ist sie machte Klingeling und Nero und Nele und Netty und Ned hörten auf Uhren zu zerhämmern und sie hör-

ten zu und die kleine Uhr sprach geht zu Bett geht zu Bett, und Nero war schläfrig und Nele war schläfrig und Nettie war schläfrig und Ned war schläfrig, und als die kleine Uhr weiter sagte geht zu Bett geht zu Bett, also dann gingen sie sie gingen halt zu Bett, und sie aßen alle ein Stückchen Brot und sie legten ihren Kopf auf das Kissen im Bett und sie waren nicht tot und sie schliefen und alle ihre Sorgen waren vorüber und sie vergaßen zu sagen ach je, sie sagten stattdessen wie nett es ist hier zu sein und das war alles was es da gab und sie vergaßen das ABC und sie vergaßen dreizehn und sie vergaßen daß sie geboren waren und sie schliefen süß und dachten daran wie sie Erdbeeren aßen in der Dämmerung auf dem Rasen.
Und das ist der Schluß der tristen Geschichte vom N die nicht so trist ist wie die Geschichte vom M die viel trister und schlimmer ist, natürlich.

Und jetzt gibt es O.
O könnte natürlich nicht trist sein O könnte nur froh sein.
Orlando Olga Only und Owen.
Glaubs oder glaubs nicht das waren wirklich ihre Namen.
So macht das O die Leute nämlich immer.
Ein Traum sagte Orlando ist es nicht schön der Wind in den Bäumen.
Du meinst die grünen Bäume sagte Olga, ja ja sagte Only der Wind in den grünen Bäumen. Du meinst sagte Owen den blauen Himmel und den Wind in den grünen Bäumen. Ja ja sagte Orlando ein Traum ist das schön.
So sehr sie es auch gewohnt waren sie konnten sich keine Ruhe gönnen und sich setzen sie mußten hetzen um jemand zu treffen.
Der jemand sagte ein Traum und Orlando sagte ich hab ein Traum gesagt, und der jemand sagte also wie kommst du darauf du hättest ein Traum gesagt.
Orlando bedachte sich und sagte ich weiß nicht. Ich hab aber ein Traum gesagt. Er sah sich nach Olga um und Only und Owen und sie sahen ihn an als ob sie ihn nicht kannten.
Was sagte Orlando habe ich nicht ein Traum gesagt. Und niemand sagte etwas.
Orlando war verwirrt, hatte er ein Traum gesagt, hatte er gesagt ein Traum ist das schön oder nicht.
Also jedenfalls war es schön, der Wind in den

Bäumen war schön, die grünen Bäume und der blaue Himmel aber hatte er gesagt die Bäume wären grün und der Himmel wäre blau oder nicht.
Er stand und sah und Olga und Only und Owen sahen aus als ob sie ihn nicht sehen würden.
Da kam sich Orlando sehr komisch vor.
Nehmen wir an sagte Orlando ich bekomme sie hier fort würden sie mich dann ansehen als ob sie mich nicht sehen würden. Das frage ich mich.
Und langsam ging Orlando fort und weder Olga noch Only noch Owen kamen ihm nach.
Sehr bald sah Owen einen anderen Baum und er sagte ein Traum der Wind in dem Baum ist schön.
Und er sah sich um und er sah dass Olga da war und sie sagte das Grün im Baum und Orlando sagte ja das Grün im Baum ein Traum ist das schön und er sah noch mal und da war nur Only der ihn ansah als ob er ihn gesehen hätte, und Orlando sagte ja der Wind im grünen Baum ein Traum ist es nicht schön und Only sagte ja und der blaue Himmel und Orlando sagte ja ein Traum ach je der Wind in dem grünen Baum gegen den blauen Himmel ist das nicht schön.
Und Orlando sah sich um aber Owen war da nicht da und er sagte o je ach du meine Güte ach je ich könnte heulen alles kommt mir so komisch vor.
Also ging Orlando fort und er hatte nichts zu sagen und Olga und Only kamen hinterher und sie gingen fort und sie konnten nicht sehen daß Owen da war bis sie auf einmal ein Hallo hörten und da saß Owen oben im Baum und sie konnten nicht einmal versuchen ade zu sagen weil Owen so einen Lärm machte daß es keinen Grund gab warum sie es versuchen sollten.

Und so sagte Orlando plötzlich mir reicht es geht ihr alle weg, ich geh alleine, ihr könnt heimgehen wenn ihr ein Heim habt, Orlando wurde ganz verbittert wenn ihr ein Heim habt, ich sagte Orlando ich werde versuchen ob ich nicht den Mann treffen kann der gesagt hat ich hätte nicht ein Traum gesagt.

Also ging Orlando los aber die anderen folgten hinterher, weil Orlando hatte recht, sie hatten kein Heim also mußten sie umherstreunen und warum da nicht Orlando folgen. Wenn man kein Heim hat muß man folgen oder man versucht es mit Wolken aber eigentlich ist es besser zu folgen.

Also gingen sie los aber Orlando war boshaft und er wollte nicht wissen daß sie da waren.

Und waren sie denn da. Olga und Only und Owen.

Orlando sagte sie wären nicht da, sie sagten sie wären da, also jedenfalls was soll das Blabla sie hatten alle kein Heim um heimzugehen.

Und so sahen sie dann daß überall wo der Wind in den Bäumen war die Bäume grün waren und der Himmel war blau, und nach und nach war ihnen klar daß es wahr war daß überall wo der Wind in den Bäumen war die Bäume grün waren und der Himmel war blau, das ist nichts Neues aber es ist wahr und sie wanderten weiter denn sie hatten kein Heim und was hat es für einen Sinn zu stöhnen wenn man kein Heim hat und es ist wahr daß der Wind in den Bäumen ist und die Bäume sind grün und der Himmel ist blau.

Bisher gab es nichts anderes zu tun und sie hatten kein Heim.

Also sagte Orlando er wäre lieber allein, aber sie sagten nein nein das dürfe nicht sein, sie würden

mit ihm gehen. Sie wollten ihn nicht nicht sehen als dieser andere gesagt hatte daß er Orlando nicht gesagt hätte ein Traum der Wind im Baum.
Nein sagten die drei das wollten sie nicht sie wollten Orlando folgen. Was konnten sie sonst tun, sie hatten kein Heim, nein in der Tat kein Heim, kein Heim.
Es ist komisch kein Heim zu haben ganz komisch aber es passiert ziemlich vielen. Wenn man sagt komisch muß man manchmal lachen und manchmal wenn man komisch sagt o je dann heult man los.

Das passierte Orlando und Olga und Only und Owen, sie sagten es wäre komisch kein Heim zu haben aber als sie sagten komisch o je da heulten sie los.
Und so fragten sie sich wieso, wieso sie kein Heim hatten und sie wußten daß es stimmte sie hatten kein Heim. Aber sie hatten einen Geburtstag jeder einzelne von ihnen hatte einen Geburtstag und wenn sie alle einzeln einen Geburtstag hatten also dann müssen sie geboren worden sein und wenn sie geboren worden waren mußten sie ein Heim gehabt haben, das kann jeder sagen daß man ein Heim haben muß um Geburtstag zu haben und jetzt o je wo ist es hinverschwunden, nicht das Geburtstagsfest sie hatten alle noch eins, aber das Heim. Das Heim das Heim.
So fingen sie dann an, sie konnten sich nicht zurück erinnern hatten sie alle das gleiche Heim gehabt, hatte Orlando das gleiche Heim gehabt wie Olga, hatte Only das gleiche Heim gehabt wie Owen, sie konnten sich nicht erinnern aber sie meinten daß nicht und warum weil soviel sie es auch versuchten sie sich nicht erinnern konn-

ten immer zusammengewesen zu sein. Und wenn sie so waren dachten sie nie daran sich gegenseitig einen Kuß zu geben sie dachten nur daß sie aussähen als ob sie nicht wüßten wer wer ist.

Und so wurde Orlando langsam füllig, das machte es für ihn schwierig sich herumzubewegen.

Und dann wurde Olga langsam dünn, das machte es schwierig für sie jemanden zu gewinnen der zum Essen kommt, sie hatte nichts zu essen und so war es für sie kein Vergnügen jemanden zu wollen der zum Essen kommt.

Und langsam wurde Only lang und das machte Probleme weil Betten kurz sind und er war lang, er konnte sich nicht ausstrecken, er mußte einen Stuhl neben sein Bett stellen um entweder seine Füße darauf zu legen oder seinen Kopf. Es machte nicht viel Spaß lang zu sein, er meinte nie daß es komisch sei lang zu sein.

Und langsam war Owen klein, kleiner und immer kleiner bis alle meinten er wäre zum Verkaufen, zum Ausstellen gehalten in einem Zirkus oder so, ja das war nicht der Grund warum er sich gern kaufen lassen würde, und so wurde er jeden Tag in jeder Hinsicht ein bißchen kleiner und wenn und sie würden ihn dann zum Ausstellen kaufen also dann würde er in einer kleinen Weile gehen weil er zu klein wäre um gesehen zu werden, und das wäre überhaupt nicht komisch.

Da waren sie also, kein Heim, kein nichts aber alle hatten sie einen Geburtstag, und recht bald wußten sie alle daß sie lieber als sonstwas einen Salon hätten, es könnte genausogut ein Mond sein aber ein Mond änderte immer seine Form

und ein Salon also ein Salon sollte immer da sein mit einem Fenster und einer Tür und einer Decke und einem Fußboden. Schließlich wußten sie Orlando und Olga und Only und Owen daß es das O war das sie so komisch werden ließ.
Dann sagten sie also wenn sie bloß das O loswerden könnten und dann versuchten sie es also so aber nur Owen konnte seinen Namen ohne das O sagen, er könnte Wen heißen aber dann wenn er Wen heißen würde wo wäre dann sein Geburtstag, sein Geburtstag war für Owen. Die andern konnten ihren Namen einfach nicht ohne O sagen, versucht es nur und ihr werdet sehen daß es so ist, da sie also kein Heim hatten waren sie eben alle den ganzen Tag und die ganze Nacht auf den Beinen was wie alle angeben können nicht das Angenehmste ist.
Dann dachten sie sie könnten Briefmarken sammeln. Etwas mußten sie tun also dachten sie einfach sie würden Briefmarken sammeln und wenn sie Briefmarken sammeln würden könnten sie eine finden die sie heimführen wird.
Das war kein großer Erfolg. Orlando leckte gern Briefmarken ab aber aufheben tat er sie nicht gern, Olga haßte Briefmarken, Only mochte Briefmarken aber er konnte nicht lesen und Owen der war immer der Beste von den Vieren und manchmal meinte er wenn er nur nicht bei ihnen wäre würde ihn jemand mit heimnehmen und er würde nicht streunen müssen.
Also was geschah mit Owen, jemand sagte so klein wie er war würden sie ihn mitnehmen nur müßte er einen neuen Geburtstag haben und wieder von vorn anfangen und wollte er das. Er dachte nach und dachte nach und alles was er

sagen konnte war und wollte er das.

Und wollte er das.

Daran hängt es alles, und wollte er das.

Und dann war da Orlando, er war so füllig daß er sich nicht herumbewegen konnte also blieb er wo er war und wenn man lange genug bleibt wo man ist dann wird dieser Platz ein Heim.

Also das war Orlando recht nur war er so umfangreich daß er nicht genug Geburtstag hatte um herumzukommen, also meinte er er könnte sich genausogut ertränken gehen. Aber wenn man sehr füllig ist kann man nicht ertrinken, was konnte er also tun, er brauchte einen Geburtstag und er war so füllig daß sein Geburtstag überhaupt gar nicht um ihn herum kommen konnte. Ach je was konnte er tun. Was konnte er tun.

Also was konnte er tun.

Und dann war da Olga die war so dünn daß sie nicht genug Platz hatte ihr Heim zu erringen, sie war so dünn daß sie sich nicht hineinzwingen konnte also konnte es nicht ihr Heim sein, also sagte sie jawohl sie würde bleiben, aber tat sie das, wenn sie und ihr Geburtstag ihr zur Last fallen würden weil sich Geburtstage ausbedingen daß sie diejenige deren Geburtstag sie sind sehen können müssen und Olga war so dünn daß der Geburtstag sie nicht sehen konnte, würde sie es also erzwingen und versuchen füllig zu werden und ihren Geburtstag zu behalten, also würde sie das.

Und nun war da Only und Only war so lang, schon so lange war Only so lang er war so lang so lange daß er so lange war weil er so lang war.

Wie konnte er also ein Heim haben und einen

Geburtstag, würde der Geburtstag in seinem Kopf sein oder in seinen Füßen, und würde sein armer Geburtstag entweder seinen Kopf oder seine Füße genießen. Sein armer Geburtstag sagte jeden Geburtstag o je.
Und so hörte Only immer nur o je, und seine Füße hörten immer nur o je, was tat also Only dann.
Jetzt was tat Only dann.
Was tat Only.
Also ihr seht das ist das Ende der Os und wenn ihr sagt es ist komisch wer weiß ob ihr dann lacht oder weint, ach je.

Und jetzt kommt P.

P ist wirklich komisch.

Peter Paule Perle und Pfannkuchen.

Peters Geburtstag war der erste Januar.

Paules Geburtstag war der zweite Februar.

Perles Geburtstag war der dritte März und Pfannkuchens Geburtstag war Pfingsten.

Das war einfach so passiert sie haben es nicht so versucht sondern es war einfach so passiert.

Peter war ein alter Mann, er hatte eine Tochter und sie hatte fünf Kinder. Peter lebte weit entfernt und so mußten ihm am ersten Januar alle Kinder zum Geburtstag schreiben. Sie sagten es nicht aber sie dachten es weshalb mußte er einen Geburtstag haben und sie sagten es nicht aber sie dachten es und sie sagten weshalb muß er am ersten Januar Geburtstag haben. Es war natürlich nicht sehr bequem, zuerst einmal war da Weihnachten und er war weit entfernt und es war fast Weihnachtstag und sie mußten ihm alle fünf schreiben zu seinem Geburtstag. Sie hatten ihre Weihnachtsgeschenke noch nicht was konnten sie also schreiben, was konnte man überhaupt einem Großvater weit entfernt zu seinem Geburtstag am ersten Januar schreiben wenn man seine Weihnachtsschleckereien noch nicht hatte. O je. Es war verdreht aber so war es, es mußte sein, und noch vor Sonnenuntergang, die Sonne ging unter und nicht eins der fünf Kinder hatte den Brief für seinen Großvater zu seinem Geburtstag wenigstens begonnen. Also da waren

sie alle fünf und jedes mußte einen anderen schreiben, und sie hatten so schönes Papier das ihre Mutter ihnen gegeben hatte, und sie hatten so schöne Tinte und so schöne Füller und rein gar nichts zu schreiben an ihren Großvater so sehr weit entfernt.
Sie hatten ihn zwar nie gesehen aber sie wußten er hieß Peter und ihre Mutter sagte er wäre lieber als sonst jemand und er schickte ihnen schöne Geschenke wenn sie kamen aber o je sie waren nicht gekommen.
So saßen sie also da und durften nicht singen und ihre Mutter kam um zu sehen wie sie anfingen. Nicht eins von ihnen hatte angefangen, nicht eins, sie hatten geschrieben lieber Großpapa, jedes hatte lieber Großpapa geschrieben und dann waren sie fertig.
Also sagte das älteste Mutter liebste Mutter, gib mir den ersten Satz der erste Satz macht solche Sorgen, und dann mit dem einen kann ich weitermachen wie nichts. Also sagte die Mutter in Ordnung, ich zeige dir wie man beginnt. Und mir und mir, schrie ein jedes, also gab sie jedem einen Anfang und dann ging sie davon und sang.
Es kam ihnen so leicht vor zu schreiben was sie ihnen gesagt hatte und sie hielten an, wie konnten sie weitermachen, ja wie konnten sie nur weitermachen. Morgen kam und die Sonne ging unter und wenn ihnen etwas eingefallen wäre hätten sie es bestimmt vergessen aber ihnen war noch nichts zum Vergessen eingefallen nein noch nicht.
Und so saßen sie da und sahen die Katze an und die Katze ging hinaus in den Sonnenuntergang und o jemine die Briefe hatten nur einen Anfang.

So kam ihre Mutter wieder herein um zu sehen wie sie weiterkamen. O je liebe Mutter sagten sie alle, unsere Füller sind so schwer wie Blei, was schreiben wir nun für eine Litanei. Also was schrieben sie nun für eine Litanei, sie mußten alle etwas erzählen was sie als nächstes schrieben und dann sagte sie und jetzt arbeitet nur und euer Brief wird fertig sein und sie ging fort in die untergehende Sonne hinein.
O je die Sonne ging immer mehr unter, man konnte sie am Boden sehen und nicht einem von ihnen fiel etwas mehr ein o je o je o je würde da nur ein Ausweg sein. Aber es gab keinen.
Also da waren sie und es war fast Nacht und ihre Mutter kam herein um zu sehen ob es ihnen gutging. Also es ging ihnen gut, wenn ihr das gut nennt wenn man weiß man muß die ganze Nacht aufbleiben und einen schönen Brief schreiben. Nicht eins von ihnen hatte irgendetwas geschrieben, ihnen fiel einfach nichts ein das sie ihrem Großvater weit entfernt und zu seinem Geburtstag schreiben konnten. So schien es fast wie der nächste Tag aber wirklich war es eine kleine Weile als ihre Mutter wieder da war um zu sehen was sie für einen Stoß geschrieben hatten. Also es war so, es war genau wie es war, jeder Brief war genau wie er war und sie saßen alle fünf da. Ach Mutter liebste sagten sie es ist völlig klar daß es wenn du uns nur sagen würdest wie man endet ein toller Brief wird den ein jeder sendet, ach Mutter liebste sag uns doch wie man endet. Also sagte die Mutter einem jeden was man noch schreibt vor dem Zukleben und das schrieben sie und das war es und sie dachten sie dachten sie hätten Lust sich eine Mütze zu schnappen und hinauszugehen in die

klare Nacht und sich zu fürchten aber nur sacht und daß sie alles vollbracht hatten wie abgemacht und mit viel Bedacht.
Die Moral von der Geschichte ist daß Großväter die weit entfernt sind ihre Geburtstage nicht am ersten Januar haben sollten, sie sollten sich lieber einen anderen Tag für ihren Geburtstag aussuchen.
P. Peter Paule Perle und Pfannkuchen.
Paul war kein Großvater, er war ein Enkel und er war wild er war so verzogen und er meinte einfach jeder Tag wäre sein Geburtstag einfach jeder und jeder Tag weil er so verzogen war.
Er dachte alles wäre ein Theater das nur für ihn spielte, seine Großmutter seine Mutter und sein Vater und er konnte alle nachmachen, er konnte so tun als ob er ein Chauffeur wäre der auf seine Mutter wartet, er konnte so tun als ob er ein Mädchen wäre die ihren Bruder entführt hatte, er konnte so tun als ob er sein eigener Großvater wäre, er konnte so tun als ob er ein Bettler wäre, er konnte so tun als ob er ein Junge wäre der seine Mutter verloren hat, er konnte so tun als ob er überfahren worden wäre, er konnte so tun als ob er Angst hätte und sein Heim gegen ein anderes eintauschen würde, er konnte so tun als ob er eine Schwester hätte und daß er sie verloren hätte und eine andere gefunden, er konnte so wie alles tun und sein Vater sagte er würde ihn fortschicken in die Schule aber er war so verzogen daß die Schule ihn nicht behalten wollte also war er wieder daheim und tat so wie alles.
Eines Tages tat er so als ob vierzehn zwölf wäre. So tat er, dann tat er so als ob fünf drei wäre, so tat er, dann tat er so als ob sein Heim abgebrannt wäre so tat er und dann tat er so als ob ein

Mädchen das er kannte vierzig Hunde hätte. Als er so tat als ob dieses Mädchen das er kannte vierzig Hunde hätte tat er so als ob ihm alle vierzig auf den Fersen wären, sie waren ihm auf den Fersen sie alle vierzig und sie fraßen alles sie alle vierzig und sie bissen jeden sie alle vierzig und Paule tat so als ob sie alle vierzig weiter jeden beißen und jeden fressen würden bis nichts oder nicht ein Ding noch irgendwo leben würde. Während Paule so wie das tat tat er so als ob die vierzig Hunde immer tun würden was er ihnen sagte und er tat so als ob er ihnen sagen würde sie sollten alles und jeden töten und dann tat er so als ob er die vierzig Hunde sich gegenseitig töten ließ und sich beißen und fressen und dann konnte Paule so tun als ob er als einziger am Leben wäre und als ob jeder Tag sein Geburtstag wäre.
Aber während er so tat gingen die vierzig Hunde auf ihn los, sie bissen ihn und er rannte davon, er tat nicht als ob er davonrennen würde er rannte einfach und rannte und rannte davon und das war sein Ende.
Perle war überhaupt nicht wie er, Perle war ein Mädchen.
Wenn ihr klar war wer wer war, war sie auch überrascht.
Es überraschte sie daß ihr klar war daß sie ein Mädchen war.
Wer bist du fragten sie sie und sie sagte sie sei Perle.
Und was ist eine Perle sagten sie zu ihr, und sie sagte Perle ist ein Mädchen.
Jedesmal wenn sie sagte Perle ist ein Mädchen war sie überrascht.
So ein Mädchen war Perle.

Sie war so eine die überrascht ist.
Sie war von allem überrascht.
Sie war überrascht wenn sie zum Baden ging.
Wasser überraschte sie, alles überraschte sie und was am meisten überraschte war alles. So war sie.
Also beschloß sie weiter überrascht zu sein. Und so beschloß sie daß das erste was ihr passieren würde sehr überraschend wäre. Und was war dieses erste was passierte.
Also das erste was ihr passierte war geboren zu werden und das war gewiß ganz überraschend.
Sie war einfach überrascht. Da war sie, sie war geboren und sie hieß Perle und Perle war ein Mädchen und es war alles sehr überraschend. Gewiß war es das.

Dann das nächste was ihr passierte war einen Geburtstag zu haben und das war gewiß überraschend zu sagen, Perle war ein Mädchen und sie hatte einen Geburtstag. Sie war so überrascht daß sie einfach alles unterbrach aber alles überraschte Perle das war die Sorte Mädchen das Perle war.

Man würde annehmen daß sie sich daran gewöhnen würde Perle zu sein und daß Perle ein Mädchen war aber gar nicht es war für sie fast eine Pflicht dieses von allem überrascht Sein. Angenommen sie würde morgens aufstehen, also sie fand den Morgen überraschend und wenn sie nachts zu Bett ging also man möchte sagen sie wäre nicht besonders hell aber sie fand ihr Bett und die Nacht ganz überraschend.
Sie fand ihren Kopf überraschend und ihre Füße und ihre Hände und ihre Haare. Es war ihr egal, sie sagte einfach immer was sie meinte und sie meinte es sei überraschend sie meinte es sei alles überraschend. So ein Mädchen war Perle Perle war so ein Mädchen sie fand alles überraschend.
Und dann begegnete ihr Pfannkuchen, so hieß er Herr Pfannkuchen. Jetzt würde man annehmen daß sie das überraschend finden würde daß er Herr Pfannkuchen hieß und daß sie ihm begegnete aber überhaupt nicht, sie fand ihn überhaupt nicht überraschend, sie aß ihn einfach auf und danach, also danach, also da hatte sie ein komisches Gefühl ihn gegessen zu haben und danach also danach war nichts überraschend, so ein Mädchen war Perle, sie war so ein Mädchen.

Q ist Quietsch, Queenie, Quintett und Question.
Es ist schwer solche Namen zu haben. Sehr sehr schwer, es macht allen Sorgen solche Namen zu haben, sehr sehr viel Sorgen aber trotz allem solche Namen hatten sie.
Herr und Frau Quietsch
Fräulein Queenie
Herr Quintett
und Master Question.
Überall um sie war es Nacht und sie fragten sich ob es donnerte und wahrscheinlich tat es das.
So waren Herr und Frau Quietsch, sie fragten sich immer ob. Sie hatten Hasen keine Hühner, sie hatten Ziegen keine Boote, sie hatten Schafe keine Lämmer und sie hatten keine Kühe, sie hatten Halme kein Gras und sie hatten Brot keinen Kuchen und sie waren immer wach. So ein Mann und so eine Frau waren Herr und Frau Quietsch. Sie hatten Zungen und keine Zähne, sie hatten Messer und keine Gabeln, sie hatten Löffel und keinen Topf, sie hatten kein Haar auf dem Kopf, so ein Paar waren Herr und Frau Quietsch.
Sie hatten ein Fahrrad aber sie fuhren es nicht sie schoben es und darauf taten sie ihren Kohl wenn sie welchen hatten und ihre Kartoffeln wenn sie welche hatten und hinter ihnen gingen ihre Ziegen und zu Hause waren ihre Hasen und es ging ihnen gut jeden Tag das sagten sie Herr und Frau Quietsch.

Sie hatten einen Lieblingshasen Herr und Frau Quietsch und das war der einzige Hase den sie hatten der einen Geburtstag hatte. Es war ein sehr großer Hase ein sehr böser Hase und er hatte die Angewohnheit immer an seinem Geburtstag ein kleines Häschen zu essen, eine ganz ganz schlechte Angewohnheit, aber Herr und Frau Quietsch brachte diese Angewohnheit zum Rasen die Angewohnheit dieses Hasen. Und sie dachten, eines Tages dachten sie wenn sie so tun würden als ob er gefangen worden wäre daß sie ihm sagen würden was sie von dieser Angewohnheit hielten an seinem Geburtstag ein Hasenjunges zu essen daß ihn das heilen würde, das tat es aber nicht, an seinem nächsten Geburtstag verfiel er wieder in seine Angewohnheit ein Hasenjunges zu essen.
Also überlegten sie Herr und Frau Quietsch überlegten ihm seinen Geburtstag wegzunehmen und auf diese Weise würde er von seiner Angewohnheit geheilt werden an seinem Geburtstag ein kleines Häschen zu essen.
Also was geschah.
Nichts und das war das Schreckliche, sie nahmen seinen Geburtstag weg also wußte er nicht an welchem Tag sein Geburtstag war also aß er um sicher zu gehen jeden Tag ein kleines Häschen gerade als ob jeder Tag sein Geburtstag wäre. Es war ein rasender Hase und Herr und Frau Quietsch wußten nicht was sie sagen sollten, da war er und aß jeden Tag ein kleines Häschen.
Herr und Frau Quietsch wußten nicht, was sie sagen sollten wenn sie versuchten den Hasen zu vertreiben, also das versuchten sie aber er wollte bleiben er ließ sich einfach nicht vertreiben und

sie konnten ihn nicht töten und essen weil er ja ihr Lieblingshase war. Dann beschlossen sie ihn zu überlisten, sie gaben jedes Häschen fort das sie hatten, gaben sie einfach fort, und dann als der Geburtstag des großen Hasen war sah er sich um nach einem kleinen Häschen zum Essen an dem Tag, und es gab keine kleinen Häschen sie waren alle fortgegeben worden. Also weigerte er sich überhaupt etwas zu essen, er war wütend und er weigerte sich Kohlköpfe und Karotten und alles zu essen, er aß gar nichts er war nur wütend. Und dann wußten Herr und Frau Quietsch nicht ob sie traurig oder froh sein sollten und dann beschlossen sie froh zu sein. Am nächsten Tag weigerte sich der Hase etwas zu essen, es war nicht sein Geburtstag aber er weigerte sich auch an einem gewöhnlichen Tag etwas zu essen weil er zum Geburtstag kein kleines Häschen gehabt hatte. Da sahen also Herr und Frau Quietsch den großen Hasen an und der große Hase sah sie an und Herr und Frau Quietsch hatten Tränen in den Augen sie machten sich Sorgen wie sonstwas wegen dem großen Hasen und die Augen des großen Hasen wurden immer roter und zuerst hatte er rosa Augen aber er hatte so viele kleine Häschen gegessen an seinem Geburtstag daß seine Augen immer roter wurden und dann geschah etwas furchtbares, die Augen des großen Hasen wurden immer roter und Herrn und Frau Quietsch die ihn ansahen denen kam er immer furchterregender vor und dann auf einmal brachen die Augen des großen Hasen in Flammen aus, der große Hase brannte innerlich und er und die Kohlköpfe und Karotten die er nicht gegessen hatte loderten und Rauch und Feuer kamen aus ihm heraus und das kleine Haus wo er wohnte

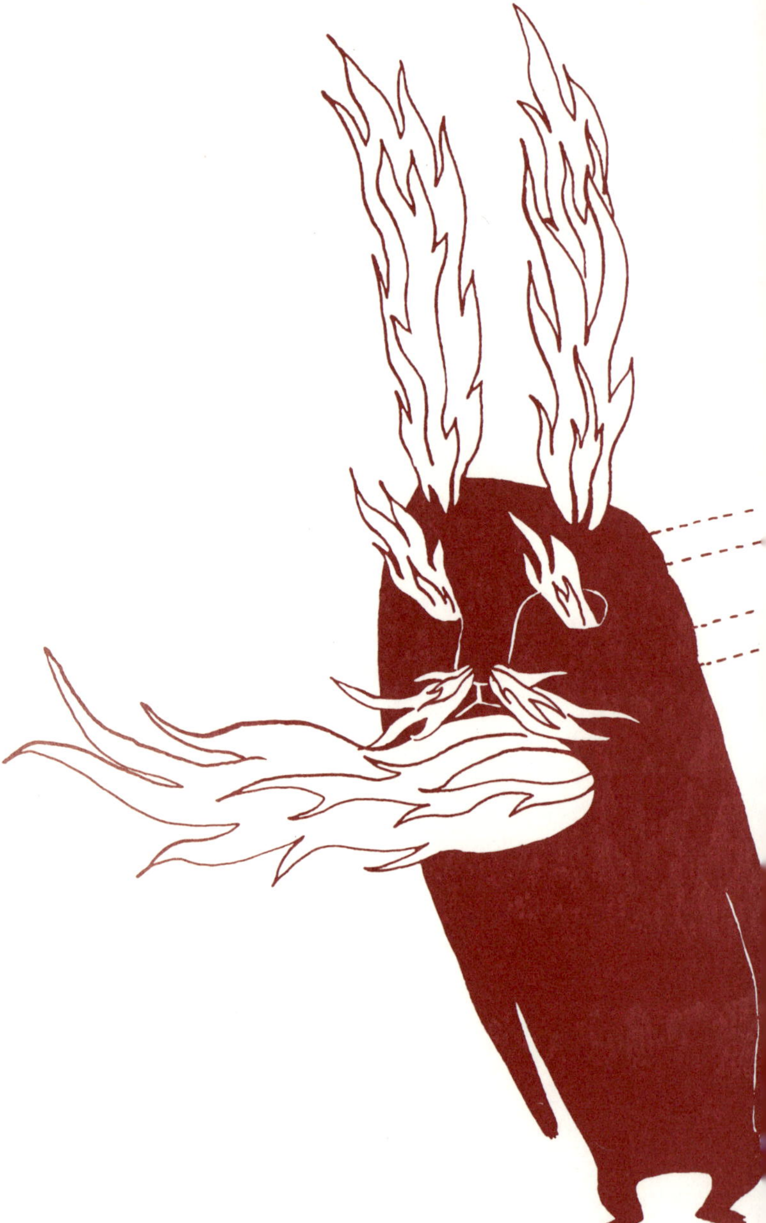

brannte und Herr und Frau Quietsch die ihn ansahen kam es alles furchterregend vor, sie hatten solche Furcht daß sie gar nichts machen konnten, sie konnten kein Wasser holen um das Feuer zu löschen sie hatten solche Furcht daß sie sich nicht von der Stelle bewegen konnten also saßen sie nur da und sahen zu und recht bald war es vorbei das Verbrennen von dem großen Hasen war nichts übrig als rotglühende Asche und die löschten Herr und Frau Quietsch indem sie darauf Tränen fallen ließen. Und danach lebten Herr und Frau Quietsch ganz quietschvergnügt mit ihren Ziegen und allem aber Hasen hatten sie nie wieder.

Fräulein Queenie und Master Question und Herrn Quintett war so etwas nie passiert. Sie hatten nie nicht einer von ihnen hatte etwas für Ziegen oder Hasen übrig gehabt. Was sie mochten war Fisch am Morgen, Fleisch zu Mittag und Ei am Abend. Nur dafür hatten sie etwas übrig. Fräulein Queenie sagte Forellen ließen sie quellen, Master Question sagte von Fleisch bekomme er Verdauungsbeschwerden, und Herr Quintett sagte er würde immer wenn er ein Ei sah würde er immer Nonett sagen. Aber was ließ sich da überhaupt machen, es gab Fisch am Morgen, Fleisch zu Mittag und Ei am Abend und je öfter das geschah um so öfter sagte Fräulein Queenie Forellen am Morgen ließen sie quellen und Master Question sagte Fleisch zu Mittag würde ihm Master Question Verdauungsbeschwerden machen und Herr Quintett sagte immer wenn er ein Ei sah würde er Herr Quintett Nonett sagen.

Und so dachten sie sie müssten an etwas denken also dachten sie und sie dachten daß sie jeder einzelne an etwas denken sollten. Also dachten

sie dann daß sie wenn jeder etwas mitbringen würde nicht Fisch am Morgen Fleisch zu Mittag und Ei am Abend haben würden. Aber was konnten sie bringen, ringen konnte jeder aber was konnten sie bringen.
Also sagten sie wir könnten einer dem anderen etwas schenken. Wir wissen zwar nicht sagten sie wann die einen und anderen Geburtstag haben, also spielen wir daß jeden Tag der eine oder andere Geburtstag hat und dann könnten wir für diesen Tag etwas bringen. Ja sagten sie erst aber sagen wir mal heute wer wird kriegen was wir bringen und welche zwei von uns werden bringen, an einem Geburtstag bringen die anderen aber der eine der Geburtstag hat der kriegt alles, jetzt wie, wie können wir wissen wer bringt und wer alles kriegt.
So etwas bedeutete natürlich Streit. Fräulein Queenie, die ein Mädchen und sie wußte daß sie ein hübsches Mädchen war wenigstens sagte sie sie wüßte daß sie ein hübsches Mädchen sei weil sie eine Locke hatte, also jedenfalls sagte sie sie sollten das Bringen machen und sie macht dann das Bekommen, aber nicht im geringsten sagte Master Question, das kommt nicht in Frage, du bist zwar ein Mädchen und du magst eine Locke haben vielleicht ja vielleicht nicht das sagst nur du uns ins Gesicht, aber ich ich der ich immer fraglich bin, ich der Verdaungsbeschwerden hat, ich werd alles bekommen und entscheiden welchen Teil ich behalte und was ich teilen werde, und außerdem sagte Master Question ist es mein Recht Geburtstag zu haben weil ich jeden Tag so gescheit bin.
Dann sagte Herr Quintett Nonett Nonett, Herr Quintett sagte immer Nonett, er sagte Nonett,

er sagte ihr mißt nett neu sagte er neu ihr mißt nett Denker es wer nett an mir drüber zu Entscheider wie ich alles Aufteiler will. Ich bin der Herr Quintett, des heißt satt noch fünf mehr von mir und ich fressen Besen wenn ich irgendein irgendwas Entscheider laß.
Da waren sie also sie konnten nichts entscheiden nichts über Geburtstage oder sonstwas also machten sie einfach weiter, und es gab Fisch am Morgen und Fleisch zu Mittag und Ei am Abend, und Fräulein Queenie sagte Forelle am Morgen ließe sie quellen und Master Question sagte Fleisch zu Mittag mache ihm Master Question Verdauungsbeschwerden und Herr Quintett sagte Ei am Abend, wenn ich des schon See, wenn ich des See also neu da sag ich immer ich Herr Quintett sag Nonett.
Sie leben sie alle drei unglücklich weiter und sie haben nie wieder etwas über ihren Geburtstag entschieden.

Man muß fast das ganze ABC sagen bis man zum R kommt weil einen das Q immer rauswirft. Aber das wissen alle. Jetzt kommt also R, das R rollt herum und herum wie ein Ball nicht daß es ein Ball wäre gar nicht. R für Robert, Rotkehlchen, Rachel und Rosi.
Rosi hatte einen Hund namens Frostig.
Frostig hieß er und frostig war er.
Das heißt im Winter, der Sommer ist eine andere Sache.
Im Sommer war er so wild wie es ging.
Rosi sagte zu ihm erinnerst du dich Frostig wie es dich im Winter gefroren hat.
Aber Frostig sagte nein es ist Sommer und ich bring alles um, du wirst sehen schau mir nur zu.
Und das tat Rosi sie sah Frostig nur zu und sie sah daß eins zum anderen führte und dann zu noch etwas anderem.
Frostig fing damit an daß er sein Essen verbellte. Er verbellte ganz laut sein Essen. Dann fraß er sein Essen. Dann wurde es Frostig das war natürlich im Sommer ihm wurde wärmer und wärmer und eins folgte aufs andere. Er sah ein Huhn und er dachte einem Huhn das seine Federn an hat muß heiß sein, also ging er wie auf Geheiß hinter ihm her, und es war zu groß um es umzubringen, nicht daß Frostig es etwa wirklich umbringen wollte, aber er wollte daß es stillhielt damit er ihm alle seine Federn ausziehen konnte bis keine Federn mehr daran waren, und es würde es angenehm und luftig haben und

vielleicht in einem Pfuhl schwimmen gehen.

Rosi versuchte es zu retten aber Frostig wollte es rasieren ihm alle seine Federn abrasieren indem er sie herauszog natürlich, und das tat er und Rosi war böse weil alle sagen würden sie würden Frostig fortnehmen und alle würden natürlich böse sein, böse mit Rosi weil Frostig so ein Dummerchen war, es war natürlich Rosis Schuld.

Also versuchte Rosi Frostig von dem Huhn wegzunehmen von den Dielen und dann beschloß Frostig zu spielen daß es ein Mäusegeburtstag wäre. Er spielte es wäre ein Mäusegeburtstag, fünf kleine Mäuslein wurden an dem Tag geboren und Frostig sagte es würde nichts schaden hinter der Mäusemutter herzurennen jetzt wo die kleinen Mäuslein geboren waren, also jagte er die Mäusemutter fort und später am Tag fand er sie nochmal und was soll ich sagen, also Frostig machte sich an diesem Tag mit der Mäusemutter davon, am Tag als die kleinen Mäuslein geboren wurden und obwohl es warm war hatten die kleinen Mäuslein die an diesem Tag geboren wurden nie wieder einen Geburtstag.

Und das war ein Tag mit Rosis kleinem Hund Frostig von dem alle sagten er wäre unvernünftig aber er war überhaupt nicht unvernünftig, und im Sommer war er nicht Frostig, nein Rosi war so unvernünftig Frostig tun zu lassen was immer er tun wollte. Aber sie machten einfach jeden Tag weiter, Rosi und Frostig und im Sommer wenn es warm war stellte Frostig eine Menge an, nicht wirklich sehr viel weil er so klein war und das sagte Rosi auch immer, sie sagte laßt ihn in Frieden im Winter ist ihm so frostig laßt ihn tun was er will wenn ihm warm ist, und das taten sie und Frostig tat das auch, und Frostigs tun das und Rosis ebenfalls und im Winter sitzen sie vor dem Kamin und blinzeln und denken an das, was sie im Sommer getan haben und was sie in einem anderen Sommer tun werden und so sitzen sie da und es ist nett für Mäuslein und Hühner daß sie vor dem Kamin sitzen und schwitzen Frostig und Rosi, aber vielleicht ja und vielleicht nein, also glaubs oder glaubs nicht es stimmt das tun Frostigs und Rosis und Hühner und Mäuslein.

Robert war ein Junge also jetzt war er erwachsen aber er war doch nicht größer als er gewesen war, wenn er sagte wann war ich gewesen, und sie sagten sagt es ihm nicht aber nennt ihn Bobolink und dann wird er denken daß er noch größer ist.

Jetzt noch nicht sagte Bobolink.

Wenn sie ihn Bobolink nannten mußte er an Fräulein Rotkehlchen denken.

Bobolink hatte eine Mutter und die sagte, Robert, wenn ich dich Bobolink nenne was magst du dann am meisten.

Robert lief rosig an er sagte wenn du mich Bobolink nennst mag ich Fräulein Rotkehlchen am meisten.

Also versuchte Bobolink auch noch zu heiraten, Fräulein Rotkehlchen, seine Braut, zu heiraten, aber er konnte nicht und warum, ihr lacht euch krumm, er konnte nicht weil er die Masern bekam.

Stellt euch vor, seine Mutter war da und sie sagte paß auf dich auf, wenn du den ganzen Tag an Fräulein Rotkehlchen denkst wirst du vielleicht so, rot gepunktet und genau da vor Robert genannt Bobolink waren Masern und Masern sind rot o je sagte Bobolink wären meine Haare rot, wären die Masern vor mir gefloht, o je sagte Bobolink.

Aber er hatte die Masern und er mußte den ganzen Tag im Bett bleiben und er mußte die ganze Nacht wach bleiben und alle gaben ihm etwas den ganzen Tag lang, also das war vielleicht wie ein Geburtstag. Manchmal bringen einen die Masern so weit.

Also hatte er weiter jeden Tag die Masern und so konnte er an diesem Tag nicht heiraten, natürlich hat noch niemand mit Masern geheiratet niemand, und dann war der vierzehnte Februar, es war Sankt Valentinstag und bestimmt sagte Bobolink bestimmt gehen diese ungezogenen Masern fort.

Aber sie gingen nicht fort, sie machten den Eindruck als ob sie bleiben würden sie taten so als ob sie bleiben würden sie redeten so als ob sie bleiben würden und es hatte keinen Zweck wenn Bobolink ihnen vom Sankt Valentinstag erzählte und wie er heiraten sollte selbst wenn man ihn zum lieben Fräulein Rotkehlchen tragen müßte.

Aber es hatte keinen Zweck er konnte nicht heiraten er hatte die Masern rotgepunktete Masern und er konnte an diesem Tag nicht heiraten.

Und so war der Valentinstag gestern und sie

hatten an diesem Tag nicht geheiratet und vielleicht würde Fräulein Rotkehlchen fortfliegen wenn er nicht irgendwie bald heiraten könnte, sie könnte weit weit weit fortfliegen.
Was also konnte der arme Bobolink tun, das war wahr was konnte der arme Bobolink tun, die Masern machten den Eindruck als ob sie endgültig bleiben würden und Fräulein Rotkehlchen könnte weit weit weit fortfliegen wenn sie nicht bald heiraten würden.
So dachte Bobolink nach und dachte nach und dann dachte er vielleicht haben die Masern einen Geburtstag, wenn sie einen Geburtstag haben dann würden sie an dem Tag fortgehen müssen um ihren Geburtstag zu feiern, ganz sicher würden sie für diesen Tag fortgehen müssen.
Aber wie konnte Bobolink die Masern dazu bringen zu sagen daß sie einen Geburtstag haben und an welchem Tag.
Bobolink dachte nach und dachte nach aber ihm fiel keine Möglichkeit ein. Natürlich würden die Masern wenn er fragen würde ob sie einen Geburtstag haben sagen was ist ein Geburtstag, wir haben noch nie von einem Geburtstag gehört, natürlich haben Masern noch nie auf den Geburtstag von irgendjemandem geachtet, so waren sie eben.
Und dann dachte Bobolink nach und er sagte ich werde nicht alle Masern fragen sondern nur einen kleinen roten einen kleinen roten Punkt dieser kleine rote Punkt kann nicht wissen was was ist nur dieser kleine rote Punkt, ich werde ihn ganz allein finden und dann werde ich mich winden und ihn bitten es zu sagen und vielleicht wenn ich ihn sehr gut frage den kleinen roten

Punkt der wie ein Tupfen aussieht, ich werde ihm erzählen was werde ich ihm erzählen ich werde ihm erzählen daß er wenn er es nicht verrät gepiekst wird.
Also er fragte ihn Bobolink fragte den kleinen roten Punkt, den kleinen roten Masernpunkt wann Masern Geburtstag haben, und er sagte wenn der kleine rote Punkt nicht verraten wollte wann die Masern Geburtstag hatten, also dann würde der kleine rote Punkt gepiekst. Also hat er es verraten, er konnte es nicht gut nicht erzählen, und er hat erzählt daß der Geburtstag der Masern gleich am nächsten Tag sei.
Also wußte Bobolink dann daß genau an dem Tag alle Masern fort sein würden ihren Geburtstag feiern und so schickte er schnell seine Mutter um Fräulein Rotkehlchen auszurichten sich anzuziehen und am nächsten Tag zu kommen, und sie heirateten an diesem Tag und sie lebten glücklich bis an ihr Ende und sie haben nie wieder irgendwelche Masern gesehen.
Rachel war eine andere Geschichte, sie lebte nur für die Geschichte, sie sagte ich bin für die Geschichte geboren, und es hieß was ist die Geschichte und sie sagte seht mich an und das tat man und was sah man man dachte man sähe Rachel aber war das so. Es war nicht so, was, nein es war nicht so, weil Rachel nicht da war, sie ist in die Geschichte eingegangen, also hieß es wo ist sie hingegangen und sie sagte voller Verachtung ihr wißt nicht wohin ich ging ich ging in die Geschichte ein. Das ist die Geschichte. Rachel wurde geboren das hat ihr nicht geschadet, sie hatte einen Geburtstag das hat sie nicht mitgenommen, sie hatte noch einen Geburtstag und sie fand einen Dorn und der Dorn sagte er sei an

diesem Tag geboren, und Rachel sagte nein niemand sei an diesem Tag geboren, ich wurde an diesem Tag geboren und niemand anderes hat Heute als Geburtstag. Der Dorn ging verloren als Rachel ihn fortwarf und der Dorn behauptete das ist mein Geburtstag und Rachel sagte die Geschichte dieses Tages ist daß es mein Geburtstag ist. Das führte ins Endlose und Rachel war vorn und der Dorn war voller Zorn und Rachel war gegangen, sie war in die Geschichte eingegangen und das ist ihre ganze Geschichte.

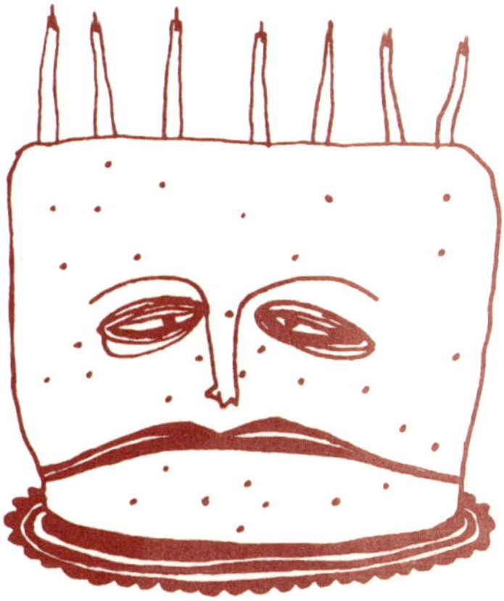

Man kann sich jetzt leicht merken daß S nach R kommt, ganz leicht zu merken ganz ganz leicht zu merken ganz ganz ganz leicht zu merken daß S nach R kommt. Niemand würde meinen daß R nach S kommt das wäre eine Unordnung, also kommt S nach R aber sie halten eng zusammen wie Pech und Schwefel, sie sind voller Zärtlichkeit o ja das R und das S.
Richtig meine Frau sagt S. Ganz genau sagt R. Richtig fängt mit R an und S fängt mit S an.
Und T kommt nach S ach welche Cleverness ach ja ach ja ach ja wie ganz und gar ja T kommt nach S. Glaubs oder glaubs nicht es stimmt auch wenns nicht neu ist, es stimmt.
Und jetzt zum S.
Sammy und Sally und Samt und Sonja.
Sammy hatte seine Tante und seine Tante hatte Sammy und seine Tante hieß Fanny und Fanny hatte Sammy.
Sammy hieß er und er war komisch und er hatte eine Tante Fanny und sie war komisch.
Sammy konnte kein Brot essen oder Kartoffeln oder Schokolade oder Kuchen oder Eier oder Butter oder auch eine Dattel, wenn dann schwanden ihm die Sinne, so war er, sehr komisch aber so war Sammy da. Seine Tante Fanny war da nicht komisch, aber sie war anderswo komisch, immer wenn sie eine Katze oder eine Schildkröte oder einen Vogel oder einen Hund oder einen Grund sah, den Grund für irgendwas, mußte sie sich abwenden. Darin war sie komisch.

Aber Sammy hatte seine Tante Fanny und Tante Fanny hatte ihren Sammy.
Der arme kleine Sammy.
Was konnte er nun essen, was wäre für ihn ein Leckerbissen, für den armen kleinen Sammy.
Eine Limonade vielleicht oder ein Beefsteak, oder einen Teller oder ein aber herrjemine nein kein Eis, Eis konnte er nicht essen, auch keinen Geburtstagskuchen, die Kerzen konnte er essen aber nicht den Kuchen, der arme Sammy.

Muster und Vorbild.

Seiner Tante Fanny machte es keinen Verdruß daß sie nicht mit Sammy teilen muß wenn sie ißt, sie kochte und aß einfach weiter und Sammy schaute einfach weiter zu und ihm schwanden weiter die Sinne. Sie waren sehr komisch Sammy und seine Tante Fanny. Der arme liebe Sammy.
Und trotz dem allen wurde Sammy groß genug um auf die Schule zu gehen.
In der Schule lernten sie Muster und Vorbild.
Da gab es ein schönes Mädchen und sie hatte eine Locke und sie hieß Sally. Sie nannten sie die schöne Sally und sie war ein Muster. Und dann gab es da Sammy es gab eben den Sammy den armen lieben Sammy und er war ein Vorbild.
Und dann eines schönen Tages fragte Sally beim Spielen Sammy ob er an ihrem Geburtstag in ihr Haus kommen wolle.
Das tat Sammy.
Es gab einen riesengroßen Kuchen mit Zuckerguß und einer Dattel und Sammy dem die Sinne schwanden sagte er könne keinen Zuckerguß oder die Dattel oder den Kuchen essen aber er könne Kerzen essen wenn er sie bekommen könnte. Aber nein sagte Sally ach nein weißt du nicht, wir verbrennen sie, es gibt keine Kerzen

wenn wir endlich essen wir verbrennen sie und wenn wir sie nicht verbrennen würden könnte ich meinen nächsten nicht haben meinen nächsten Geburtstag, o der schlimme Sammy will mir meinen nächsten Geburtstag wegnehmen.
Und der arme Sammy konnte nichts mehr sagen, weil er all den Zuckerguß und Kuchen sah fühlte er seine Sinne schwinden also mußte er eben fortgehen.
Ihr mögt jetzt glauben das wäre eine komische Geschichte aber das stimmt nicht, jeder sogar du könnte Sammy den armen lieben Sammmy und seine Tante Fanny kennen, weil da wohnt er und es ist alles wahr die ganze Geschichte von Sammy die ganze Geschichte von seiner Tante Fanny die ganze Geschichte von seiner Tante Fanny die ganze Geschichte von Sammy ist wahr. Der arme liebe Sammy.
Samt und Sonja waren Zwillinge.
Und wenn das losgeht
Sind sie einfach weiter Zwillinge.
Samstag ist ein schlimmer Tag hat es immer geheißen aber man würde nicht glauben daß Zwillinge etwas gegen den Samstag haben.
Hatten sie aber.
Sie hatten einfach etwas gegen den Samstag.
Was könnte nun dafür der Grund sein.
Samstag sollte voller Seligkeit sein.
Aber egal was man sagt sie hatten etwas gegen den Samstag.
Und der Grund dafür war der.
Zwillinge können natürlich Kusinen haben,
Und Kusinen können Zwillingen schlechte Laune machen,
Und diese Zwillinge hatten Kusinen
Und man würde nie darauf kommen

Aber die Kusinen von diesen Zwillingen,
Die waren nichts anderes als Drillinge.
Und sie kamen jeden Samstag
Und blieben den ganzen Tag bei den Zwillingen,
Und das machte den Zwillingen ganz schlechte Laune,
Weil es statt zwei und zwei die vier sind und mehr nicht,
Zwei und drei waren was gar nicht schön war,
Weil es weil es immer drei und zwei war und das gefiel niemandem ihnen nicht und euch schon gar nicht. Also waren es zwei und drei was fünf macht und das war schon gar nicht.
Auch diese Drillinge hatten Kusinen und was meint ihr waren diese Kusinen es waren Vierlinge viel mehr noch als Drillinge oder Zwillinge, o so viel mehr noch und wenn es losgeht o so viel mehr, und diese Vierlinge kamen jeden Samstag um mit den Drillingen und Zwillingen zu spielen und jeder Samstag war ein schlimmerer Tag ihr seht also daß die Zwillinge schlechte Laune hatten natürlich.
Und was hatten dann die Vierlinge die hatten auch Kusinen und diese Kusinen waren Fünflinge, denkt euch nur und sie kamen jeden Samstag zum Spielen so daß die Zwillinge nur zu zweit waren, und die Drillinge nur zu dritt, und die Vierlinge nur zu viert und mehr nicht und die Fünflinge zu fünft und alle samt und sonders zünftig.
Das war mehr als die Zwillinge ertrugen und sie haßten den Samstag immer mehr, und sie wälzten sich auf dem Boden um zu zeigen wie sie den Samstag immer mehr haßten.
Und das war noch nicht alles.

Die Zwillinge hatten ihren Geburtstag am gleichen Tag da sie ja Zwillinge waren ging das klar und das machte ihnen keine schlechte Laune, aber wenn sie ihren Geburtstag hatten kamen die Drillinge und die Vierlinge und Fünflinge auf Besuch und aßen ihnen die ganze Geburtstagstorte fort, warum auch nicht, wenn es bloß Zwillinge waren und die anderen waren Drillinge und Vierlinge und Fünflinge was konnten Zwillinge dagegen tun, sie mochten gerade so gut nur ein Huhn sein.
Ach je.
Und dann hatten die Drillinge Geburtstag natürlich alle drei am gleichen Tag und die Zwillinge gingen hin aber natürlich war es ihnen egal weil sie nur Zwillinge waren und es gab die Drillinge also den Drillingen war es auch egal, sie waren besser als Zwillinge sie waren drei gegen zwei das ließ sich messen wenn es darum ging die Torte zu essen aber was waren drei wenn die Vierlinge und die Fünflinge da waren denen die Drillinge und Zwillinge völlig egal waren.
Und dann hatten die Vierlinge Geburtstag sie waren natürlich alle vier am gleichen Tag geboren und die Zwillinge und die Drillinge kamen und erkundigten sich nach dem Befinden aber die Vier und Fünflinge waren da und die Drillinge und Zwillinge die fanden natürlich ihren Anteil nicht.
Und die Fünflinge hatten Geburtstag und das war noch mehr weil sie alle fünf am gleichen Tag geboren waren und alle aßen an ihrer Torte, die Vierlinge und Drillinge und Zwillinge übten Verzicht, die Fünflinge hatten mehr Gewicht.
Ihr könnt also verstehen was die Zwillinge vom Samstag hielten, Zwillinge zu sein war ganz in

Ordnung aber sonst Samt und Sonja sagten es sei zuviel sie würden es hassen so etwas zu sein, so zu sein, nichts weiter als Zwillinge zu sein und Kusinen zu haben die Drillinge waren deren Kusinen Vierlinge waren deren Kusinen Fünflinge waren, das war wirklich zuviel, und Samt und Sonja die Zwillinge wälzten sich auf dem Boden um zu zeigen daß sie es nicht mehr aushalten würden.

Aber da ließ sich nichts machen jeden Samstag gab es und auch jeden Geburtstag und die Zwillinge konnten da nichts machen außer nicht zu lachen was sie jeden Tag machten vorher und nachdem sie sich alle trafen und sie waren nichts weiter als Zwillinge nichts weiter als bloß Zwillinge jede einzelne nichts weiter als ein Zwilling und so konnten sie nie gewinnen wenn es da Kusinen von Drillingen, Vierlingen und Fünflingen gab. Nein nein nein, so sollte es nicht sein, aber Samt und Sonja konnten sich nicht auswechseln, wenn man Zwillinge ist und es so losgeht dann bleibt man einfach weiter Zwillinge.

Und dann kommt T.
Thornie und Tillie und Treu und Zärtlich.
Und nach T also da sind eine Menge nutzloser Buchstaben, denk Dir nur U V W X Y Z, denk Dir nur sie sind alle ans Ende geschoben die Kloben und man kann gar nichts machen nicht mit denen allen aber hin oder her sie haben alle einen Namen sie sind also nutzlos aber sie lassen sich nicht in ein Gurkenglas stecken und sie lassen sich nicht mit Teer bedecken man muß sic nur gehen lassen als ob es nicht so wäre daß es keinen Zweck hat daß sie nur da sind um sich sehen zu lassen.
Aber zuerst kommt T und das ist wie du oder ich ein sehr notwendiges T.
Thornie und Tillie und Treu und Zärtlich.
Thornie Rose und Tillie Braun hatten nie in einer Stadt gelebt.
Thornies Mutter war eine Missionarin in China.
Tillies Vater war ein Missionar in China.
Thornie schwamm im Fluß mit kleinen Chinesenjungen.
Tillie sang Lieder mit kleinen Chinesenmädchen.
Und dann sah eines Tages Tillie Thornie und Thornie sahTillie.
Da waren so viele kleine Chinesenjungen und kleine Chinesenmädchen da daß man kaum den Boden sah aber Thornie sah Tillie und Tillie sah Thornie, und sie waren beide da.

Also meinte Thornie er würde nicht schwimmen er würde mit Tillie reden und all die Chinesenjungen sagten er wäre dumm, aber trotzdem fingen Tillie und Thornie an und Tillie sollte singen aber als sie Thornie sah sang sie nicht, sie fing nicht einmal an zu singen sondern sie meinte sie wolle mit Thornie reden und all die kleinen Chinesenmädchen sagten zu Tillie das ist doch dumm, aber Thornie und Tillie meinten nicht es sei dumm und das sagten sie auch. Thornie und Tillie.

Thornie Rose und seine Mutter Frau Rose und Tillie Braun und ihr Vater Herr Braun standen da und um sie herum waren Meilen und Meilen von Chinesen und Chinesinnen und Chinesenkindern, Meilen und Meilen über Meilen von ihnen und sie alle sangen.

Treu und Zärtlich nur für dich.

Und als sie sangen Treu und Zärtlich nur für dich waren mehr und immer mehr Chinesen und Chinesinnen und Chinesenkinder da und es gab Meilen und mehr und mehr Meilen immer mehr Meilen von Chinesen und Chinesinnen und Chinesenkindern sie sangen Treu und Zärtlich nur für dich und dann fingen Thornie Rose und Frau Rose und Tillie Braun und und Herr Braun auch an zu singen, Treu und Zärtlich nur für dich und sie alle die Meilen und aber und aber Meilen von Chinesen und Chinesinnen und Chinesenkindern und Thornie Rose und Frau Rose und Tillie Braun und Herr Braun sangen Treu und Zärtlich nur für dich und sie sangen weiter sie alle sangen weiter und dann war es Morgen und sie sangen alle weiter, sangen und sangen Treu und Zärtlich nur für dich und dann war es Abend.

Und dann beschlossen sie zu Bett zu gehen aber wie konnten sie zu Bett gehen wenn da keine Betten waren in denen man zu Bett gehen konnte und da es also keine Betten gab in denen man zu Bett gehen konnte sangen sie weiter Treu und Zärtlich nur für dich.
Und dann setzten sich alle hin all die Meilen über Meilen und aber Meilen und Meilen von Chinesen und Chinesinnen und Chinesenkindern und Thornie Rose und Frau Rose und Tillie Braun und Herr Braun. Als sie alle sich hingesetzt hatten runzelten sie alle die Stirn.
Dann sagten sie alle das reicht uns nicht es reicht uns allen nicht uns hinzusetzen und die Stirn zu runzeln nein das reicht uns nicht, also sagten sie alle die Meilen über Meilen über aber und aber Meilen von Chinesen Chinesinnen und Chinesenkindern und Thornie Rose und Frau Rose und Tillie Braun und Herr Braun, die sagten alle was sollen wir tun wenn es uns doch nicht reicht uns hinzusetzen und die Stirn zu runzeln.
Also beschlossen sie daß jeder etwas erzählen sollte, sie sollten von dem Tag erzählen, an dem sie geboren wurden, aber sagten die Meilen über Meilen über aber und aber Meilen von Chinesen Chinesinnen und Chinesenkindern und Thornie Rose und Frau Rose und Tillie Braun und Herr Braun wir können uns nicht erinnern wann wir geboren wurden.
Und sie fingen alle noch einmal an sich hinzusetzen und die Stirn zu runzeln.
Das reicht uns gar nicht wir müssen etwas tun sagten sie alle wir könnten genausogut tot sein wenn wir nie geboren wurden.
Natürlich wurden wir geboren sagten all die Meilen über Meilen von Chinesen Chinesinnen

und Chinesenkindern und aber und aber Meilen von ihnen und Thornie Rose und Frau Rose und Tillie Braun und Herr Braun, natürlich wurden wir geboren.

Also vielleicht wenn wir uns weiter erinnern können wir uns erinnern daß wir geboren wurden. Also erinnerten sie sich weiter sie alle aber sie konnten sich nicht an den Tag erinnern an dem sie geboren wurden sie erinnerten sich an den ersten Geburtstag aber sie konnten sich nicht an den Tag erinnern als sie geboren wurden und dann fragten sich die Meilen über Meilen von Chinesen und Chinesinnen und Chinesenkindern und die aber und aber Meilen von ihnen und Thornie Rose und Frau Rose und Tillie Braun und Herr Braun die fragten sich ob es ihnen schaden würde wenn sie sich nicht an den Tag erinnern konnten an dem sie geboren wurden.

Sie hatten alle etwas zu sagen über den Tag an dem sie geboren wurden und jeden Geburtstag den sie gehabt hatten seit dem Tag an dem sie geboren wurden und sie sagten immer weiter alles was sie zu sagen hatten sie alle sagten alles was sie zu sagen hatten über den Tag an dem sie geboren wurden und jeden Geburtstag den sie seit diesem Tag gehabt hatten und als sie es alle erzählten sie alle die Meilen über Meilen von Chinesen und Chinesinnen und Chinesenkindern und die aber und aber Meilen von Chinesen und Chinesinnen und Chinesenkindern und Thornie Rose und Frau Rose und Tillie Braun und Herr Braun da ging die Nacht vorbei und sie hatten alle vergessen die Stirn zu runzeln und somit war es der nächste Tag und sobald es der nächste Tag war fingen sie alle an zu singen

Treu und Zärtlich und nur für dich, und so war alles fröhlich und alle hatten etwas zu sagen gehabt und nun hatten alle etwas zu singen Treu und Zärtlich nur für dich und damit hörte alles auf, und sie lebten alle glücklich und solid und sie vergaßen nie ihr Lied Treu und Zärtlich nur für dich keiner von ihnen nicht die Meilen über Meilen von Chinesen und Chinesinnen und Chinesenkindern und die aber und aber Meilen von Chinesen und Chinesinnen und Chinesenkindern und Thornie Rose und Frau Rose und Tillie Braun und Herr Braun.

Das klingt alles komisch aber gib ihnen Kohle und es ist nicht komisch.

Ach ja ach nein na klar.

Das ist doch klar.

Wenn niemand jemals undankbar ist.

Na klar na klar.

Und dann könnt ihr singen Treu und Zärtlich nur für dich und das wars dann.

Das Ende vom Anfang.

Der Anfang vom Ende.

Na klar.

Wie gesagt T ist der letzte Buchstabe der nicht komisch ist danach sind alle Buchstaben so komisch wie Kohle klar sind sie das.

Da gibt es U.
U. Uno, Una, Ursula und United.
Uno und Una.
Uno kannte Una und Una kannte Uno.
Das wißt ihr aber.
Uno war ein Junge und Una war ein Mädchen und Unos Augen waren blau und Unas Augen waren braun, und Unas Augen waren blau und Unos Augen waren braun. Das wißt ihr aber.
Aber vielleicht war es auch nicht genau so. Uno war ein Junge. Das wißt ihr ja, und Uno hatte ein Auge das blau war und ein Auge das braun war und das klingt als ob es nicht stimmt aber es stimmt das wißt ihr aber. Und Una war ein Mädchen und sie hatte auch zwei Augen und ein Auge war blau und eins ihrer Augen war braun. Das wißt ihr schon, also Uno und Una einer war ein Junge eine war ein Mädchen aber sie hatten beide ein blaues Auge und beide hatten ein braunes Auge, und es klingt als ob es nicht stimmt aber es stimmt das wißt ihr doch.
Unos rechtes Auge war blau und sein linkes braun und Unas linkes Auge war blau und ihr rechtes braun.
Uno und Una die konnten beide auf und abwärts schauen.
Aber das wißt ihr.
Was geschah wenn sie jeder ein Auge hatten das braun war und ein Auge das blau war. Was geschah dann.
Sie waren Uno und Una und was geschah.

Unos Mutter hatte ein Auge das blau war und ein Auge das braun war aber nicht Unos Vater zwei Augen hatte der auch zwei genau und die waren beide blau.
Unas Vater hatte ein Auge das blau war und ein Auge das braun war aber nicht Unas Mutter. Ihre zwei Augen waren gleich anzuschauen beide waren braun.
Aber ihr könnt verstehen daß Uno mit einer Mutter mit einem Auge blau und einem Auge braun und Una mit genau so einem Vater ein Auge braun das andere blau, daß es für Uno und Una normal war wenn sie sich ansahen mit einem Auge blau und einem Auge braun zu schauen und sich auch mit einem Auge braun und einem Auge blau zu sehen.
Da waren sie also und also natürlich war es ganz natürlich daß sie heiraten würden der eine die andere und sie hatten eine ganze Menge kleine Kinder und jedes einzelne davon hatte ein Auge braun und das andere blau.
Ja so waren sie geboren und natürlich machte es eine ganze Menge Probleme, nicht wenn sie alle zusammen waren es war eine recht nette Mischung von Braun und Blau und wenn sie dir in die Augen schauten wußte niemand genau wer was war und überhaupt wenn sie ein Auge aufmachten und ein Auge schlossen ja wie sollte man da wissen ob ihre Augen blau oder braun waren. Das waren eine ganze Menge Probleme, nicht für eine Schwester noch für einen Bruder weil sie alle gleich waren und es machte sie nur weise daß sie untereinander zwei Augen verschieden hatten aber für alle anderen waren das eine ganze Menge Probleme.
Und dann gab es noch die Frage von Anzieh-

sachen und Geburtstagen. Die Kleider von kleinen Mädchen und die Hemden und Binder von kleinen Jungen läßt man immer zu ihren Augen passen, und was konnte man tun wenn ein Auge braun ist und ein Auge blau, und was konnte man nur tun, wie konnte man die Farbe passen lassen.

Und dann war da die Geburtstagstorte wenn sie alle einen Geburtstag zu feiern hatten, die Kerzen auf der Geburtstagstorte sollten zur Augenfarbe passen alle wissen daß das weise ist und welche Farbe konnten die Kerzen haben die bei ihnen dreien auf der Geburtstagstorte brannten, was konnten die nur für eine Farbe haben, ach je, das war schwierig zu entscheiden und dann wenn der dessen Geburtstagstorte es war und der sie anschneiden mußte wenn der das braune Auge zudrückte schauten die braunen Kerzen scheu und wenn er das blaue Auge zudrückte dann versuchten die blauen Kerzen sich zu drücken. Es war nicht normal daß man Kerzen und und Zuckerguß in zwei Farben auf einer Geburtstagstorte hat aber ach je was konnte man sich aus den Fingern saugen wenn man zur Augenfarbe passen wollte.

Weil wißt ihr egal wie man versucht eine Geburtstagstorte zu schneiden man drückt immer ein Auge zu. Ach je das waren Probleme und sie wußten nie wie man es mehr verhaut mit braun oder mit blau.

Und dann eines Tages gab es einen Krieg und Papa Uno ging fort in den Krieg. Wißt ihr er ging fort. Und als er fort war ach je da schossen sie ihm ein Auge fort, es war das blaue Auge und sie machten ein Glasauge und als er zurückkam aus dem Krieg hatte er nicht mehr ein Auge

braun und eines blau, sondern die zwei, seine beiden Augen waren braun und nicht blau.
Das machte ihnen allen Angst und sie ließen sich auf den Boden fallen und hielten sich die Augen zu und weinten. Und sie weinten und sie weinten und sie versuchten nicht zu weinen aber es machte ihnen solche Angst seine beiden Augen braun zu sehen und nicht eins braun und eins blau daß sie einfach weinten und weinten und weinten. Und sie hörten auf zu weinen und sahen auf mit ihren vom Weinen ganz verschwollenen Augen und beinahe fingen sie wieder an ganz genau weil sie hatten alle soviel geweint daß jetzt nein, ihre Augen waren nicht eins braun und eins blau sondern sie waren alle blau durch die Bank. Das klingt komisch aber es stimmt. Also gab es niemanden mehr von ihnen außer der Mutter Una die ein Auge braun und ein Auge blau hatte und es ist komisch aber es stimmt.
Und danach wenn alle Kinder ihre Anziehsachen und ihre Binder hatten konnten sie zu ihren Augen passen und wenn sie ihre Geburtstagstorte hatten, konnten die Torte und der Guß ganz blau sein und wenn sie ein Auge zudrückten um ihre Torte anzuschneiden gab es keine Fehler mehr weil jedes Auge blau war.
Das ist alles wahr.
Ursula und United.
Also Ursula sagte United.
Und sie sagten was.
Und sie sagte United States.
Und sie sagten was.
Und sie sagte United States of America.
Das war weil Ursula groß war und das war nicht alles, Ursula war groß und sie war in einem Staat der United States of America geboren.

War sie in einem Staat geboren.
Aber statuieren wir nicht in welchem Staat.
Weil Ursula wußte es nicht.
Sie wußte es einfach nicht.
Sie wußte nicht in welchem Staat der United States of America sie geboren war sie wußte es einfach nicht.
Das hat ihr niemand gesagt aber sie wußte es einfach nicht.
Also schön sie wußte es einfach nicht.
Sie zählte gern so war Ursula also zählte sie die Buchstaben im ABC und sie zählte die Buchstaben im Wort Geburtstag aber sie zählte nicht gern wieviel Staaten in den United States of America waren weil wenn sie einen Fehler machen sollte was ja passieren konnte weil wißt ihr, sie lag fast immer richtig wenn sie zählte aber sie könnte einen Fehler machen und wenn sie einen Fehler machen würde und nicht richtig zählen würde dann könnte sie beim Zählen den Staat auslassen in dem sie geboren war und wenn sie den Staat auslassen würde und sie sowieso nicht wußte welcher Staat das war also dann würde sie nie einen Geburtstag haben können so war ihr zumute wenn der Staat ausgelassen worden wäre und sie zog eine Schnute und ging fort. Es war also nicht leicht für Ursula zu sagen weshalb sie die Staaten in den United States of America nicht zählen wollte wenn sie doch gern zählte und alles andere zählte sie so.
Aber so war es es war weil sie nicht wußte in welchem Staat der United States of America sie geboren war und sie konnte das nie sagen.
Und da war sie eines Tages und sie war in einem verzweifelten Zustand und sie meinte einfach

heute müßte sie es tun, sie mußte einfach heute die Staaten in den United States zählen.
Also fing sie an.
Wieviel Staaten gab es da überhaupt und warum konnte nicht sie sagen in welchem Staat sie geboren war ja warum konnte nicht sie es sagen.
Also es hatte einen komischen Grund es war die Jahreszeit in der es Stürme gab als sie geboren wurde und sie fuhren weit das heißt ihr Vater und ihre Mutter fuhren in einem Boot auf einem Fluß und sie kamen an einen Turm und es gab einen Sturm und plötzlich gab es da einen Sturm und plötzlich war Ursula geboren und in welchem Staat sie waren konnte sowieso niemand sagen, vier Staaten stießen zusammen einfach so und wo war Ursula geboren, die arme liebe Ursula die sagte immer wenn sie in der Schule gefragt wurde sagte sie immer das kann ich nicht sagen und dann meinten alle es wäre eine komische Art geboren zu werden und das war es auch.
Sie wußte daß sie einen Geburtstag hatte das war alles was sie sagen konnte und sie wurde immer trauriger und sie wollte immer fröhlicher sein also lief sie eines Tages davon, sie lief davon und sie fand ein Boot und sie nahm es fort und sie ging überall auf dem Wasser suchen um die Stelle zu finden wo sie geboren war damit sie sagen konnte daß sie in einem Staat geboren war und nicht nur an einem Tag, und sie fragte nach dem Weg und sie fragte überall und endlich sah sie einen Mann der dick war und in einem Boot saß und sie fing an ihm zu erzählen um was es ging. Na klar sagte der an den Sturm kann ich mich erinnern an den Tag kann ich mich erinnern an den Tag wo du geboren warst und ich

kann sagen und wie ich sagen kann ich kann ganz genau den Tag sagen ganz genau den Sturm ganz genau die Weise ganz genau die Stelle wo du geboren wurdest.
Klar kann ich das, komm mit fort komm mit fort und ich zeige dir den Weg.
Und das tat er und es gab eine Stelle wo sie geboren wurde und sie sprach gewichtig ist es ein Staat oder ist es kein Staat dieser Winkel wo ich geboren bin.
Natürlich ist es ein Staat sagte der Mann der dick war und der ihn gezeigt hatte natürlich ist es ein Staat es ist der Staat Illinois.
O sagte Ursula es ist der Staat Illinois o wie ich mich freu geboren bin ich in Illinois o wie ich mich freu. Und so war es und sie konnte heimgehen und wenn sie sie fragten in welchem Staat bist du geboren konnte sie sagen Illinois o wie ich mich freu und sie ging nie wieder fort sie blieb nie außerhalb des Staates in dem sie geboren war weil es sie nervös machte wenn sie nachdachte wie er schrumpfen könnte oder verschwinden o nein sie blieb immer da und hatte ihren Geburtstag in dem Staat in dem sie geboren war.
Und jetzt konnte sie die Staaten der United States of America zählen und wenn sie zu Illinois kam sagte sie o wie ich mich freu weil Illinois der Staat war in dem sie geboren war und in dem sie jedes Jahr ihren Geburtstag hatte also wurde sie nicht immer trauriger sondern immer fröhlicher.
Und das ist die Geschichte von Ursula und United und das Ende der Us.

V ist Van Virgil Valeska und Verdammt.
Van kann ein Mann.
Was wird Van tun.
Was wird er tun.
Er tun.
Van kann ein Mann.
Van hieß er aber nichtsdestotrotz hatte er noch einen Namen. Er hieß Papa Wuhdschams genau so geschrieben und wenn er es sagte meinte er es auch. Glücklicherweise nicht.
Was.
Vergiß mein nicht.
So heißt Papa Wuhdschams.
Wofür niemand was kann.
Was.
Nicht.
Vergiß mein nicht.
Van kam.
Van ist nicht das gleiche wie eine Wetterfahne.
Aber trotzdem ist sie hoch droben, und sie ist ein Hahn und sie weiß warum, und sie weiß wie man das Nasse vom Trockenen unterscheidet. Sieh an.
Jetzt zurück zu Van der einen Namen hatte den gleichen Namen trotz allem.
Bitte geh damit verdammt vorsichtig um.
Wenn du Papa Wuhdschams heißt.
Das ist damit passiert.
Nicht mit Van nicht mit Papa Wuhdschams sondern mit dem Namen.
Der Name der Name von Papa Wuhdschams war Vergiß mein nicht.

Was Was sagte er.
Und der Name sagte.
Was was vergiß mein nicht.
Wie leicht nimmt man in die Pflicht.
Mein Lieber vergiß mein nicht.
Und darauf bedacht es auch recht zu machen.
Das ist also dem Namen passiert.
Es gab Papa Wuhdschams und Mama Wuhdschams und Baby Wuhdschams.
Und Papa Wuhdschams sagte was was, und Mama Wuhdschams sagte Nicht Nicht und Baby Wuhdschams sagte vergiß mein nicht.
Danach gab es keine Geheimnisse, Van hieß er und ein Mann war er und sie nannten ihn Papa Wuhdschams, denkt euch bitte denkt euch nur.
Und dann gab es ein Domizil und das hieß Virgil.
Mittlerweile gab es Schinken und sie nannten es Lamm.
Also das war natürlich ein Fehler. Lamm ist ein Widder oder ein Schaf oder ein Schöps Schinken ist es nicht.
Aber Van also der würde keine solchen Fehler machen und Virgil ist ein Domizil und ein Domizil würde keine solchen Fehler machen bis es doch so einen Fehler machte. Es wäre leichter so einen Fehler zu machen als schwerer.
Van dann, der ist ein Mann.
Virgil viel, der ist ein Domizil.
Ganz eindeutig.
Jetzt was geschah
Was geschah.
Etwas bestimmt.
Aus Versehen.
Und ein Versehen wird versehen.
O Ja.

Was geschah.
Es ist alles sehr verwirrt aber mehr verwirrt als verwirrend.
Papa Wuhdschams photographierte ein Domizil das ihm gefiel, Virgil.
Und vor dem Domizil blühten Vergißmeinnicht.
Papa Wuhdschams fluchte los als er zu sagen versuchte Vergißmeinnicht.
Und auf einmal gab es eine Geschichte.
Als Van das heißt Papa Wuhdschams ein kleiner Bub war.
War er nicht wie andere kleine Buben.
Er hatte große Zähne die bissen.
Und er schrieb Gedichte.
Wenn seine großen Zähne zubissen schrieb er ein Gedicht und wenn er ein Gedicht schrieb bissen seine großen Zähne zu.
Nur nicht schrieb er nur nicht Vergißmeinnicht.
Wenn du mich vergißt was werde ich dann tun ich werde mich mit meinen großen Zähnen ganz bis zu dir durchbeißen.
Und er schrieb das Gedicht weiter.
Ich bin Papa Wuhdschams und ich ziehe in ein Domizil.
Virgil Virgil Virgil.
Und er schrieb das Gedicht weiter.
Ich hab ein Domizil, Virgil, ich habe Vergißmeinnicht auf die bin ich erpicht und geboren wurde ich nicht im Domizil, nicht Virgil kein Domizil ich wurde nicht in einem Domizil geboren ich wurde mit Zähnen die fest zubissen geboren, in einem Beet von Vergißmeinnicht die waren ein Gedicht. Ich bin Papa Wuhdschams ich bin Van und wenn ich zubeiß also dann ist niemand davongerannt, sie standen nur da und

sagten nicht, und seht nur die Vergißmeinnicht.
Also genauso geschah es.
Alle die Gedichte schreiben, haben die,
Haben die Zähne die zubeißen mit aller Macht.
Haben die Domizile Virgile,
Haben sie Vergißmeinnicht,
Dicht an dicht Vergißmeinnicht,
Oder haben sie Butterblumen.
Es seufzt sich leicht wenn man sagt Butterblumen.
Es sagt sich leicht es reicht wenn man sagt Butterblumen.
Aber das ist kein Gedicht.
Ein Gedicht braucht große Zähne,
Und ein Gedicht muß Vergißmeinnicht sagen.
Warum weiß ich nicht
Aber gelogen ist es nicht.
Ein Gedicht muß das machen.
Und ein Gedicht braucht einen Geburtstag. Wie sollte man sonst wissen wie alt ein Gedicht ist wenn es nie einen Geburtstag hätte.
Van Papa Wuhdschams war sich immer sicher daß es für jeden heilsam wäre bei Masern oder Mumps Papa Wuhdschams zu sehen wie er ein Gedicht herausbeißt mit Zähnen so groß und Vergißmeinnicht so blau und wer bist du genau und das war schlau wenn irgendjemand die Masern hatte oder den Mumps und Mumps besteht natürlich aus lauter Klumps, dann mußte Papa Wuhdschams nichts weiter tun als als ein Gedicht durchzubeißen durch seine großen Zähne und fort gingen sie die Masern und der Mumps gingen ins Domizil zu Virgil.
Also schön es hat keinen Wert zu sagen das wäre nicht richtig. Jedes Gedicht hat einen Geburtstag und jetzt wissen alle wie, auf die Knie.

Das sagte Papa Wuhdschams jeden Tag.
Einfach so. Eine Katze, und ein Geburtstag und Zähne große Zähne und ein Vergißmeinnicht und was.
Ja was.
Nichts.
Einfach gar nichts.
Erinnert euch.
Einfach an gar nichts.
Wie wärs damit.
Erinnert euch.
Einfach an gar nichts.
Und doch
Ist es noch besser.
Daß Papa Wuhdschams da ist mit seinem weißen Haar oder kümmert es euch gar,
Also große Zähne und Vergißmeinnicht und Gedichte und ein Geburtstag.
Gedichte. Gesichte, Gewichte.
An seinem Geburtstag.
Und jetzt Valeska und Verdammt.
Valeska kannte gar niemanden.
Sie sagte überlaßt das mir.
Aber sie kannte gar niemanden
Nicht einmal ein kleines Mädchen.
Verdammt sagte sie Valeska sagte es sei verdammt unangenehm niemanden zu kennen nicht einmal ein kleines Mädchen. Verdammt.

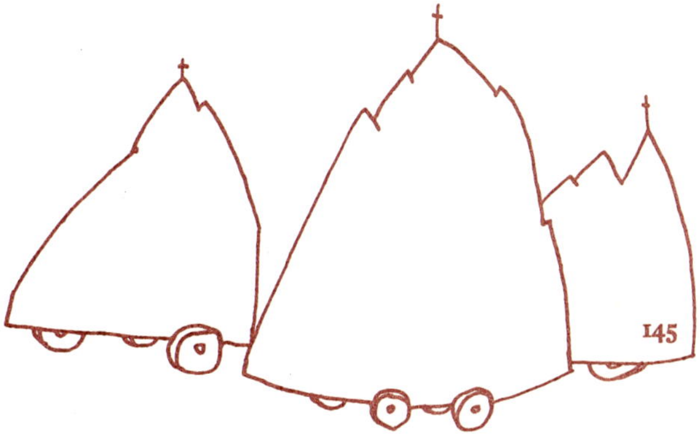

Dann begann Valeska Berge zu versetzen und nachdem sie Berge versetzt hatte versetzte sie Meere und danach sagte sie es ist verdammt unangenehm niemanden zu kennen, verdammt unangenehm niemanden zu kennen nicht einmal ein verdammt kleines Mädchen.
Verdammt.
Valeska sagte Verdammt weil verdammt ihr gefiel verdammt gefiel ihr verdammt gut. Sie sagte immer verdammt. Deswegen versetzte sie Meere und Berge, also sagte sie verdammt.
Dann sagte sie wenn Eier schlüpfen aus Hennen warum kann ich dann kein kleines Mädchen kennen.
Dann sagte sie weil wenn ich verdammt sage, dann bin ich verdammt leicht nicht verdammt viel näher an dem was ich verdammt oft verdammt fast lieber hätte als ob es das verdammt Beste wäre.
Es ist verdammt leicht Meere zu versetzen und so verdammt leicht Berge zu versetzen aber es ist nicht verdammt leicht es ist überhaupt nicht verdammt leicht ein kleines Mädchen zu kennen.
Je mehr Valeska daran dachte eine Kleine zu kennen desto mehr achtete sie darauf achtete verdammt darauf Meere zu versetzen und verdammt vorsichtig Berge zu versetzen. Dann dachte sie daran das Bett zu versetzen. Sie sagte wenn sie das Bett versetzen würde würde es ein Geräusch machen ein verdammt leises Geräusch aber doch ein Geräusch. Also versetzte sie das Bett nicht.
Das Bett war schon verdammt bereit dafür versetzt zu werden aber Valeska versetzte das Bett nicht.

Dann wenn sie sich allein überlassen blieb versetzte sie all die Berge und all die Meere wieder dahin zurück wo sie waren, nicht ganz zurück dahin wo sie waren, sie war ein bißchen nachlässig, sie kamen nicht ganz dahin zurück wo sie waren, vermischen tat sie sie nicht, nein das nicht aber sie kamen nicht ganz dahin zurück wo sie waren.
Es hätte ihr verdammt leid tun können aber tat es das tat es ihr verdammt leid.
Sie sagte Verdammt leid.
Wenn man jetzt ganz allein ist und nicht einmal ein verdammt kleines Mädchen kennt kann man dann einen Geburtstag haben. Wie kann man einen Geburtstag haben wenn niemand da ist um einem zu sagen an welchen Tag man geboren worden ist nichts als Meere und Berge und die sind umgeräumt worden.
Valeska war verdammt allein sie kannte niemanden nicht einmal ein verdammt kleines Mädchen.
Valeska sagte Verdammt.
Vielleicht war es ganz gut so.
Vielleicht.
Vielleicht war es am besten daß Valeska verdammt sagte.
Vielleicht.
Vielleicht ja vielleicht nein.
Wer weiß.
Aber bestimmt hat sie es gesagt. Bestimmt hat sie verdammt gesagt.
Es ist nicht sicher ob sie einen Geburtstag hatte aber es ist sicher daß sie niemanden kannte nicht einmal ein verdammt kleines Mädchen. Außerdem ist sicher daß sie verdammt gesagt hat.

V ist V und W ist W.
Ein Stück weniger oder ein Stück mehr, weniger macht V und mehr macht W oder doppelt V, schau. Schön ich schau schon genau.
Doppelt V. Doppelt V das ist Knowhow.
Verdammt war V und doppelt V ist für dich Knowhow.

Aber eigentlich nicht, was was, nein eigentlich nicht, es ist zusammengestoppelt wenn man doppelt denkt und wenn doppelt gemoppelt doppelt V gibt und wenn W doppelt V gibt ist man besser v als doppelt gemoppelt und doch könnte doppelt gemoppelt w sein wenn ihr damit Probleme habt.
Jetzt seht ihr als warum verdammt verdammt notwendig ist.
So jetzt also w das doppelt v ist. Ob man will oder nicht, oder.
W ist Wenzel und Wälzen und Wilhelm mit Weib.
W ist auch Widder ein Widderlamm.
Ja.
Also da gab es Wenzel.
Wenzel war dünn ganz dünn, er war stecknadeldünn.
Wenzel und Wälzen. Wenzel wälzte Probleme weil er so dünn war, so stecknadeldünn.
Und dann nach und nach sagte er er würde ein Lamm essen und als er ein kleines Lamm sah und das kleine Lamm wie ein kleiner Hund aussah und alle die das kleine Lamm sahen sagten sieh nur das kleine Lamm man möchte sagen es wäre ein kleiner Hund, also dann konnte Wenzel auf keinen Fall das kleine Lamm essen, also blieb Wenzel eben weiter stecknadeldünn. Er wälzte deswegen Probleme aber er war dünn o je jawohl er war dünn er war stecknadeldünn.
Wenzel war stecknadeldünn und da steckte er drin.
Wenn er drin steckte stach er auch heraus
Was nicht so gewesen wäre wenn er dick gewesen wäre.
Wenn er herausstach stach er sich selbst das ist

leicht zu verstehen wenn eine Nadel drinsteckt und heraussticht kann sich jeder stechen an dieser Stecknadel wenn sie nicht aufpassen was sie tun.

Also um was soll es jetzt gehen.

Es ist leicht zu verstehen daß Wenzel so war daß er wegen allem Probleme wälzte.

Dann fing er an an Fische zu denken.

Man kann Fische mit einer krummen Stecknadel an einer Schnur fangen und dachte ja dachte Wenzel wenn er sich zweifach krümmen würde wie eine krumme Stecknadel und eine Schnur an sich festmachen würde dachte er er würde dann Fische fangen wie es sein Verlangen war.

Dachte er das.

Er wälzte Probleme deswegen.

Wenzel wälzte wegen so vielem Probleme und er wälzte deswegen Probleme.

Vielleicht würde er weiter dünner werden er würde dünner als eine Stecknadel werden was ist dünner als eine Stecknadel, nichts, und was würde Wenzel also werden wenn er dünner als stecknadeldünn werden würde, nichts.

Jeder sieht ein daß er deswegen Probleme wälzte.

Er sah sich das Loch einer Nadel an und versuchte sich hineinzustehlen und sich zu verstecken in dem Nadelloch, weshalb auch nicht wenn er so stecknadeldünn war aber da er ein Junge war war er größer als eine Stecknadel also stach er obwohl er hineinpaßte heraus und wenn er herausstach zu was war er überhaupt da.

Sie könnten auf ihn treten weil sie dachten er wäre eine Stecknadel aber so eine lange Stecknadel daß sie dachten zu was er überhaupt da war.

Man kann leicht verstehen daß er wegen allem Probleme wälzte.
Und wie er so in seinem Nadelloch hinein und herausstach sah er Wilhelm Wilhelm mit Weib in voller Lebensgröße und Wilhelm sah ihn, und Wilhelm sagte zu seinem Weibe als er Wenzel sah, das soll ihm eine Lehre sein, eine Lehre nicht so stecknadeldünn zu sein.
Das war leicht für Wilhelm, Wilhelm war dick also hatte Wilhelm keine Probleme zu wälzen.
Aber Wilhelm war freundlich obwohl er dick war und obwohl er zu seinem Weibe sagte, da habe Wenzel seine Lehre nicht so stecknadeldünn zu sein, also beschloß er Wenzel aus dem Nadelloch herauszuhelfen in dem er steckte, und natürlich wurde Wilhelm der dick war von Wenzel der stecknadeldünn war gestochen und Wilhelm gab einen Schrei von sich und er sagte was soll denn das und er sagte Wenzel der stecknadeldünn war habe in ihn hineingestochen. Und Wilhelms Weib sagte das soll dir eine Lehre sein Wilhelm nie jemanden anzufassen der stecknadeldünn ist.
Aber da Wenzel obwohl er so dünn wie eine Stecknadel war so lang wie ein Junge war konnte Wilhelm nicht weggehen weil Wenzel ihn ganz durchgestochen hatte.
Da war also Wilhelm wie ein Schmetterling mit einer Stecknadel durchgestochen und es half ihm nichts wenn er weinte weil er durchgestochen war der ganze Wilhelm von Wenzel der stecknadeldünn war und Wenzel stak immer noch in seinem Stecknadelloch und die einzige die frei war war Wilhelms Weib und wie sie es sah hatte nur jeder seine Lehre bekommen, nur ihre Lehre nicht so dünn zu sein nicht so dick zu

sein nicht so bereit zu sein zu schreien nicht zu bereit zu sein anzufassen. Kurz gesagt es war ihnen eine Lehre.
Und so fingen sie an zu versinken, Wenzel wie eine krumme Stecknadel und Wilhelm auf ihm drauf und Wilhelms Weib tanzte um sie herum und rief es sollte ihnen eine Lehre sein und Wenzel wälzte Probleme, weil es nicht gut war eine krumme Stecknadel zu sein aber wenn Wilhelm auf ihm drauf war würde nichts von ihm übrigbleiben nicht einmal ein Stecknadelloch o je.
Und dann war es sonderbar, gegenüber von da wo das alles passierte war eine Wäscherei und sie wuschen Wäsche und sie hingen sie auf mit Wäscheklammern, und Wilhelms Weib rannte dort hinüber und nahm sich eine Wäscheklammer und sie rannte zurück zu Wenzel und Wilhelm und sie faßte Wenzel mit der Wäscheklammer an und sie zog ihn aus dem Stecknadelloch, jetzt waren sie draußen aus dem Stecknadelloch, aber sie steckten immer noch zusammen weil Wenzel der stecknadeldünn war ganz durch Wilhelm der dick war durchgegangen war, und Wilhelms Weib sagte, es solle ihm eine Lehre sein nicht so dünn zu sein, das sollte ihm eine Lehre sein.
Was sollten sie nun tun.
Also Wilhelms Weib hatte eine Idee, jetzt wo sie aus dem Stecknadelloch draußen waren nahm sie die Wäscheklammer und sie faßte Wenzel an sie faßte ihn mit der Wäscheklammer an und sie zog ihn durch Wilhelm durch ganz durch ihn durch und nun war nichts mehr zu tun weil Wenzel nicht mehr in Wilhelm war und Wilhelm hatte ein Loch in sich drin so groß

wie eine Stecknadel aber da Wilhelm dick war zählte das nicht. Ganz und gar nicht.
So.
Schön so also.
Was könnten sie als nächstes tun.
Wilhelms Weib sagte das solle ihnen eine Lehre sein aber war es eine.
Also dachten sie sie könnten das Stecknadelloch in Wilhelm auffüllen aber mit was.
Und da war genau gegenüber ein Fenster und in dem Fenster war eine Torte und die Torte war eine Geburtstagstorte.
Wilhelms Weib sah sie zuerst und sie sagte nehmen wir sie fort und schmelzen erst den Guß und gießen ihn in das Loch und dann schmelzen wir die Kerzen und dann versiegeln wir die Enden und niemand wird merken daß Wilhelm ein Loch hat.
Also und so retteten sie den Tag.
Wenzel der stecknadeldünn war bahnte sich seinen Weg in das Fenster er konnte gerade hineinkriechen, er wälzte Probleme deswegen ob ihm das Fenster zugehen würde, weil sogar eine Stecknadel flachgequetscht werden kann und dünn, aber schließlich war er drin und dann kam er heraus und Wilhelm der dick war wartete auf ihn mit seinem Stecknadelloch ganz durch ihn durch. Und dann arbeiteten sie den ganzen Tag und Wilhelms Weib schmolz den Guß und Wenzel der so dünn war wälzte Probleme ob sie es nicht verschütten würden also goß er es hinein, und sie schmolzen eine Kerze und füllten das eine Ende auf und sie schmolzen den Guß und gossen ihn hinein, und als es alles drin war, schmolzen sie die Kerzen und füllten das Ende auf und nun konnte ihm niemand mehr ansehen

daß Wilhelm einmal von einer Stecknadel durchgestochen war.
Und dann also dann sagte Wilhelm das solle ihnen eine Lehre sein, und da war immer noch diese Geburtstagstorte und selbst wenn sie den ganzen Guß und die Kerzen geschmolzen hatten konnten sie doch geradeso gut die Torte essen. Das sah Wilhelm ähnlich. Natürlich wußte er da er dick war was er tun sollte wenn eine Torte da war, und sogar Wenzel der stecknadeldünn war der konnte Geburtstagstorte essen obwohl sie ihm wehtat weil er so dünn war und deswegen wälzte er Probleme und Wilhelms Weib aß die Torte ebenso, sie sagte es sollte denen die die Torte gemacht haben eine Lehre sein sie nicht stehen zu lassen wo jeder hereinkommen konnte, und außerdem sagte Wilhelms Weib hätten sie sie mit einem Messer geschnitten und das hätte der Geburtstagstorte wehgetan, aber sie haben eben erst alles geschmolzen und das hat gar nichts getan, und überhaupt sagte Wilhelm sollte es ihnen eine Lehre sein.

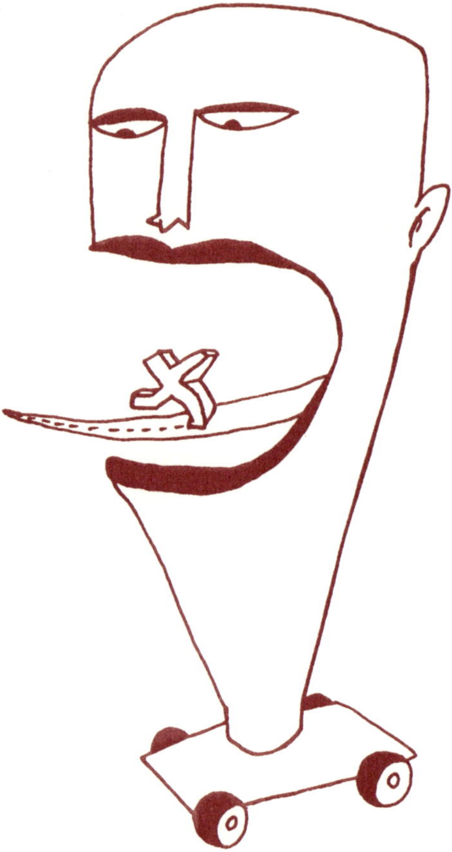

Und jetzt X.

X ist schwierig, und X ist nicht sehr brauchbar und es ist irgendwie Mist daß X ins ABC gekommen ist, so wird es fast zu einem Elephanten.

X ist Xanthippe und Xenophon und Xylophon und Xmas.

Xanthippe und Gryphon und Xenophon.

Es hat keinen Zweck zu sagen Xenophon hätte Xanthippe nicht gekannt weil er sie kannte. Wie hätten sie auch beide mit einem X anfangen können, wie auch sonst.

X ist komisch alle wissen daß es komisch ist sogar das X selbst weiß daß es komisch ist.

Xanthippe und Xenophon.

Und doch lag es vielleicht am Buchstaben X vielleicht aber jedenfalls kam Xanthippe Xenophon auf einmal nicht echt vor und Xenophon kam Xanthippe nicht echt vor.

Xanthippe und Gryphon und Xenophon würdigte Xanthippe keines Blicks und Xanthippe würdigte Xenophon keines Blicks.

Was taten sie dann also. Sie meinten sie würden sich vom Buchstaben X trennen. Zuerst meinte das Xanthippe und dann meinte es Xenophon. Aber wenn sie den Buchstaben X ließen wenn sie ihn verlören wie vielleicht einen Teil eines Stricks den sie weggeworfen haben nachdem ein Hund ihn beim Spielen zerbissen hat wenn was würde dann geschehen dann würden sie Anthippe und Enophon sein und irgendwie kam es ihnen dann vor als ob sie nie mehr jemandem auffallen würden. Dann wußten sie daß es das X war und nicht das Dann wegen dem sie jedem auffielen.

So mußten sie einfach wieder von vorn beginnen und das X lassen wo es gewesen ist und sie mußten eben Xanthippe und Xenophon sein selbst wenn Xanthippe Xenophon nicht echt vorkam und Xenophon Xanthippe nicht echt vorkam.

So fingen sie wieder von vorne an, X zu X, Xanthippe zu Xenophon.

Und was geschah dann. Also das geschah dann, sie sahen fünf Männer und zehn Frauen und die zehn Frauen und die fünf Männer liefen hinter ihnen liefen hinter Xanthippe und Xenophon.

Xanthippe und Xenophon war klar daß sie da waren aber sie konnten sie nicht ansehen weil wenn sie sie ansehen würden dann könnte das X in Xanthippe und das X in Xenophon den zehn Frauen und den fünf Männern vielleicht Angst machen und wenn die Xe ihnen Angst machten könnten sie sie vielleicht umbringen. Wenn Leute Angst haben kommt das vor und Xanthippe wußte das und Xenophon auch.

Was konnten sie dann tun.

Natürlich waren die Xe an allem schuld aber sie hatten versucht es ohne sie zu versuchen und das hat beiden nicht gepaßt.

Was konnten sie nun tun, wenn du Xanthippe wärst oder Xenophon nun was könntest du tun.

Also eigentlich recht eigentlich, könntest du gar nichts tun, du könntest nur auf etwas warten und wenn etwas nichts wäre und nichts etwas, dann wären Xanthippe und Xenophon nichts und etwas.

Es war sehr entmutigend und da kamen die zehn Frauen und die fünf Männer gefolgt, sie folgten ihnen immer.

So ließen sie sich etwas einfallen, sie ließen sich einfallen sie würden das X in Xanthippe gegen das X in Xenophon austauschen, das könnte ihnen helfen. So gingen sie sofort an die Arbeit und tauschten das X in Xenophon gegen das X in Xanthippe aus und sie machten es schnell und endgültig und dann gingen sie weiter, aber nein die fünf Männer und die zehn Frauen waren immer noch hinter ihnen und verfolgten sie, also hatte das Austauschen von einem X gegen das andere es nicht unmöglich gemacht sie überhaupt zu erkennen, niemanden von ihnen weder Xanthippe noch Xenophon.
So war das wieder einmal alles und sie fingen an Angst zu bekommen daß sie fallen und die fünf Männer und die zehn Frauen sie fangen könnten. Das machte ihnen Angst, Xanthippe und Xenophon machte das Angst.
Und wenn die fünf Männer und zehn Frauen nie fortgingen wie konnten Xanthippe und Xenophon da eine Weile verweilen.
Also meinten sie sie würden noch einmal alles vertauschen, sie meinten sie würden Xenophons Geburtstag mit dem Geburtstag von Xanthippe vertauschen und das würde sie verändern an einem anderen Tag geboren zu sein verändert alle, sie meinten daß das sie so verändern würde daß niemand wissen würde daß sie Xenophon und Xanthippe waren Xanthippe und Xenophon und dann würden die fünf Männer und zehn Frauen fortgehen.
Überhaupt nicht.
Sie wußten die fünf Männer und zehn Frauen wußten daß Xanthippe und Xenophon Xanthippe und Xenophon waren auch wenn sie ihre Geburtstage vertauscht hatten und die fünf

Männer und zehn Frauen waren ihnen weiter auf den Fersen und Xanthippe und Xenophon wußten nicht was sie tun sollten und sie wußten nicht was sie sagen sollten.
Und so geschah es ganz plötzlich, daß die fünf Männer und zehn Frauen so schnell liefen und sie liefen genau in Xenophon und Xanthippe hinein und als sie in sie hineinliefen öffneten sie alle fünfe die Männer und sie alle zehn die Frauen den Mund als ob sie gähnen würden und genau da verschwanden Xenophon und Xanthippe in ihrem Mündern und niemand sah jemals Xanthippe und Xenophon wieder und die zehn Frauen und fünf Männer gingen fort.
Und jetzt haben wir Xylophon und Xmas.
Es kennt doch jeder ein Xylophon also kennt es jeder. Man schlägt darauf und es gibt einen Klang also das könnte doch jeder. Und Xmas steht für Christmas also jeder steht dafür steht jeder.
Ein Xylophon wünscht sich das Beste von allen zu sein weil wenn es das Beste von allen wäre würde es zu Christmas geschenkt werden. Christmas ist so durcheinander, es weiß absolut gut absolut gut daß es kein X in Christmas gibt und doch ist es da wenn es etwas zu Verkaufen gibt gibt es ein X in Christmas.
Es ist sehr verwirrend nicht zu Christmas wenn es etwas zu Verkaufen gibt sondern wenn einfach nur Christmas also Weihnachten ist.
Es ist sehr verwirrend, weshalb sollte es ein X in Christmas geben weshalb sollte es eins geben und warum sollte das Xylophon nicht das Beste von allen sein wenn sie es verkaufen und wenn sie es mit einem X schreiben zu Christmas.
Das Leben ist sehr verwirrend sagte das Xylophon zu seinem Frauchen.

Sehr sehr verwirrend sagte das Xylophon zu Christmas.
Es hat kaum einen Sinn wenn ein Xylophon ein Xylophon ist sagte das Xylophon zu seinem Frauchen. Kaum ein Trost sagte das Xylophon kaum ein Trost weil das X kein C ist kaum ein Trost für mich sagte das Xylophon zu seinem Frauchen auch wenn Christmas Xmas ist. Das kann ein C in ein X verwandeln aber ein Xylophon ein Xylophon kann kein X in ein C verwandeln.
Warum dann sein dann sein dann sein.
Warum eins sein, warum ein Xylophon sein.
Ein Xylophon.
Ach herrje.
Und schon stöhnte das Xylophon und das Frauchen mußte denken sie dachte sie würde dem Xylophon zu Christmas ein C schenken und so würde das C nicht nur ein Trost für Christmas sein sondern auch ein Trost fürs Xylophon.
Und das Frauchen des Xylophons dachte Christmas wäre eine Gelegenheit dem Xylophon ein C zu schenken.
Das schien ganz in Ordnung zu sein aber war es das.
Es war nicht in Ordnung und der Grund weshalb nicht war dieser.
Erstens wollte niemand ein Xylophon zu Christmas und wenn niemand zu Christmas ein Xylophon wollte wie konnte sich das Frauchen des Xylophons dann ein C für das Xylophon zu Christmas leisten.
Und dann meinte das Frauchen des Xylophons, also sie war wirklich versucht das war sie wirklich also sie meinte sie würde es stehlen sie meinte einfach sie würde es stehlen, ja dafür gibt es kein anderes Wort sie würde einfach das C von

Christmas stehlen um es dem Xylophon zu geben. Schließlich brauchte Christmas ja gar kein C es benutzte immer ein X und als das arme Xylophon das niemand zu Christmas kaufen wollte ein C zum Trost haben wollte was würde es da schaden es von Christmas zu stehlen.
Also Christmas dachte darüber überhaupt nicht so, es wollte sein X und es wollte sein C und niemand so meinte Christmas könne von ihm erwarten sein C zu verschenken oder zu verleihen oder stehlen zu lassen. Was sollte es das ganze Jahr tun mit nur einem X und keinem C. O jemine. Das konnte jeder einsehen daß es für Christmas nicht möglich war sowohl ohne sein X als auch sein C auszukommen.
Also setzt Christmas sich auf und sagte nein als das Frauchen des Xylophons versuchte so still hereinzukommen und ihm sein C zu stehlen um es dem Xylophon zu schenken das es zum Trost wollte. Nein sagte Christmas nein, nein nein. Ich brauche mein C geh fort und belästige mich nicht mit dem Xylophon, niemand will ein Xylophon niemand niemand, niemand will ein Xylophon was macht es also aus wenn es nur ein X hat und kein C zum Trost.
Das schien hartherzig von Christmas aber Xmas schrieb es auf eine Karte, Xmas schreibt immer alles auf eine Karte das tut Christmas immer und Christmas hat dem Xylophon geschrieben geh fort und laß mich in Frieden niemand will ein Xylophon.
Das war hartherzig niemand wollte ein Xylophon und das Frauchen des Xylophons fand keins nicht ein einsames C zum Trost für das arme Xylophon.
Also machten sie sich auf den Heimweg das

Xylophon und das Frauchen vom Xylophon und wie sie so daherhumpelten, da machte das Xylophon also eine Melodie, und jemand folgte ihnen, und sie drehten sich um und als sie sahen daß es ein kleiner Junge war der ihnen folgte wandten sie sich fort.
Und da hörten sie den kleinen Jungen sagen mir gefällt das Xylophon spiel doch bitte ich wollte ich bekäme ein Xylophon zum Geburtstag.
Also sagte das Frauchen des Xylophons was willst du geben wenn wir dir eins zum Geburtstag geben. Was wollt ihr fragte der kleine Junge ich habe kein Geld zum Bezahlen aber ich hätte so gern ein Xylophon zum Geburtstag. Ach sagte das Xylophon was ich will ist ein C ich will ein C zum Trost und so sein wie Christmas das ein C und ein X hat und immer so sehr erfolgreich ist.
Also sagte der kleine Junge ich heiße Charlie King und du kannst ein C oder ein K haben welches du davon willst wenn ich ein Xylophon zum Geburtstag kriege. Kein K sagten sie kein K sondern ein C jawohl ein C wir nehmen das C von Charlie und da ist das Xylophon zu deinem Geburtstag.
Und der kleine Junge gab ihnen das C aus Charlie und rannte fort mit dem Xylophon zu seinem Geburtstag um es den ganzen Tag zu spielen den ganzen Geburtstagstag.
Und Herr und Frau Xylophon gingen ihres Wegs und sie waren zu glücklich um zu spielen weil sie jetzt ihren Trost hatten, sie hatten ein X und sie hatten ein C genau wie Christmas sie hatten nichts zu sagen als ist das nicht ein schöner Abend.
Das Ende der Xe.

Yvonne und Yesaya und Yung.
Das sind die s weshalb auch nicht.
Was, weshalb auch nicht. Ach je.
Es gibt einen Unterschied zwischen einem Anfang und einem Schluß wenn es nichts zu retten gibt.
Deswegen geht es den Ys immer gut genug, gut genug.
Yvonne war ein Mädchen.
Sie war die jüngste von fünfen, vielleicht war sie die jüngste von sechsen, vielleicht war sie die jüngste von sieben.
Jedenfalls war sie noch die jüngste, vielleicht war es darum daß sie Yvonne Yoch hieß.
Es gab noch eine Familie und die hießen nicht Yoch sie hießen Yung der der der jüngsten am nächsten war hieß Yesaya Yung. Yesaya war sein Name Yesaya Yung, und er konnte erraten daß Yvonne Yong ihn kommen lassen würde.
Und er erriet es.
Was das für ein schöner Tag war für Yvonne Yoch, und Yesaya Yung.
Komische Namen haben sie hier.
Das ist ganz normal daß sie hier komische Namen haben wenn einem Y nicht gefällt.
Ganz normal wenn ihnen Y nicht gefällt hier und ihnen gefällt Y nicht. Warum, also ihnen gefällt einfach Y nicht.
Nicht gut genug um nicht verstimmt zu sein wenn sie jemanden sehen dessen Namen mit Y beginnt.

Und was konnten sie tun diese beiden, Yvonne Yoch und Yesaya Yung, sie waren einfach zu voll von Ys um sich mit irgend jemandem hier zu vertragen.
Jedenfalls war Yesaya Yung Polizist und er heiratete er sagte er würde Yvonne Yoch heiraten.
Yvonnes Vater und Mutter, Mutter und Vater waren Matrosen.
Yesaya Youngs Vater und Mutter Mutter und Vater waren Bäcker.
Yesaya Youngs Vater und Mutter buken für Matrosen, und Yvonne Yochs Vater und Mutter segelten für Bäcker so war es nur normal daß Yvonne Yoch und Yesaya Yung sich vertrugen, besonders da sie die jüngste gewesen war und er der zweitjüngste, und so vertrugen sie sich und sie waren jung und kräftig und der Buchstabe Y hatte sie noch nicht erwischt noch nicht noch nicht, ja noch nicht, darauf könnt ihr Gift nehmen.
Also heirateten sie Yvonne Yoch und Yesaya Yung und es hat keinem von beiden geschadet.
Yesaya Yung war Polizist, auch wenn sein Vater und seine Mutter das Backen erledigten und Yvonne Yoch blieb zuhause auch wenn ihr Vater und ihre Mutter Matrosen waren und segelten.
Also da waren sie verheiratet und sie hatten noch keine Probleme mit dem Buchstaben Y, jawohl noch nicht.
Schon bald sollten die Probleme mit dem Buchstaben Y beginnen.
Sie hörten jemanden singen und das ist das Lied das er sang.
Stellt euch vor sang er stellt euch vor wenn ihr könnt.
Stellt euch vor sagte er und als er es sagte sang er stellt euch vor wenn ihr könnt

Was ihr planen könnt
Stellt euch vor sang er stellt euch vor wenn ihr könnt wieviel es kosten würde einen Brief wiederzubekommen wenn der verlorengehen könnte. Stellt euch das vor wenn ihr könnt, und seine Stimme erhob sich höher und höher stellt euch vor wenn ihr könnt sang er wenn ihr anfangen würdet einen Namen zu haben und keinen Buchstaben für ihn.
Stellt euch das vor sagte er und als er es sagte sang er stellt euch das vor wenn ihr könnt.
Yvonne Yoch und Yesaya Yung waren da, es war ein Nachmittag und alle saßen herum in einer Menschenmenge als plötzlich dieser Mann zu singen begann und er sang stellt es euch vor wenn ihr könnt.
Yvonne sah Yesaya an und Yesaya sah Yvonne an. Sie erinnerten sich daß sie den Buchstaben Y in einen Umschlag gesteckt hatten und wo war der jetzt. Oh Gott sagten sie so eine Unordnung. Y ist bestimmt derjenige den man nicht mit sich herumschleppt und andere haben zwei Buchstaben einer anders als der andere und ein Mann und eine Frau die haben verschiedene Mütter und Väter also können sie nicht diese Probleme nicht haben aber wir o jemine, Y Y Y Y ach warum sind wir nur Y ach warum ach warum, und sie weinten so laut daß der Mann der sang zu singen aufhörte nur um zu hören nur um sie sagen zu hören Y ach warum ach warum ach warum nur Y.
Es ist lieb sagte der Mann singend es ist lieb und nett die Buchstaben von A bis Z zu haben aber nicht den Buchstaben Y. Warum nicht den Buchstaben Y. Ach je.
Also das das ist eine komische Geschichte, warum nicht den Buchstaben Y.

Der Buchstabe Y seht ihr der Buchstabe Y steckt in einem Umschlag und wenn er in ein Feuer fällt verbrennt er. Wenn nun ein Buchstabe verbrennt ist er nicht da. Kaum zu glauben aber wahr.

Jetzt der Buchstabe Y war in einen Umschlag gesteckt worden daran erinnerten sie sich und der Umschlag war ins Feuer gesteckt worden, das war mit dem Buchstaben passiert und deshalb ist er in pyrophor und in Pyjama, das ist der Grund warum der Buchstabe Y in einen Umschlag gesteckt wurde, und ins Feuer und der Umschlag ist völlig verbrannt und in der Asche war keine Tasche da war überhaupt nichts, der Buchstabe Y war fort.

Das war eine sehr traurige Geschichte.

Und da waren Yvonne Yoch und Yesaya Yung und sie wußten einfach nicht was sie sagen sollten.

Yvonne konnte zu Yesaya nicht sagen was meinst du Yesaya weil es keinen Buchstaben Y gab und Yesaya Yung konnte zu Yvonne nicht sagen ich paß auf dich auf Yvonne weil der Buchstabe Y weggebrannt war, weg weg weg.

Und am schlimmsten von allem war daß Yesaya Yung Polizist war, ein Polizist hätte jetzt darauf aufpassen müssen daß der Buchstabe Y nicht in einen Umschlag gesteckt wurde und selbst wenn er in einen Umschlag gesteckt worden wäre hätte er nicht in ein Feuer gesteckt werden sollen und wenn man ihn in ein Feuer gesteckt hat hätte man das Feuer löschen müssen bevor der Umschlag verbrannt war.

Yesaya Yung war Polizist und das hätte er tun sollen.

Yesaya Yung.

Also es war ein sehr trauriger Tag.
Es sind traurige Tage wenn der einzige Buchstabe der einem verrät wer man ist verbrannt wird. O je ein sehr trauriger Tag.
Und was haben sie gesagt.
Also Yesaya Yung war Polizist und er sagte es ist schrecklich aber einen Weg finde ich, und Yvonne Yoch sah ihn an und sagte meinst du du kannst etwas tun, und daß ich nicht fortgehen muß.
Noch nicht, waren die einzigen Worte die Yesaya Yung finden konnte.
Aber er ging fort um etwas zu tun.
Das erste was er sah war der Hund Nimmerschlaf und er sagte wenn er nie schläft kann er mir vielleicht helfen etwas zu finden das die Ys ersetzen kann also rief er Nimmerschlaf und Nimmerschlaf und Schlief wachten auf und kamen mit ihm. Er sagte ihnen was er wollte und sie sagten schön ich weiß was tun, ich weiß daß ein Baby erwartet wird und sie werden es Yvonne nennen, und diesem Baby wird es jetzt nichts ausmachen wenn sie es Luzie statt Yvonne nennen weil es gerade geboren ist. Jetzt werden wir Luzie Luzie rufen und das Baby wird schreien und sie werden alle sagen o mein Baby und Luzie ist vielleicht ein schönerer Name als Yvonne und das wird Luzies Geburtstag sein und so wird es eine Yvonne für Yvonne Yoch geben also ja sie ist kein Baby aber wenn es ihr Geburtstag ist macht es vielleicht nichts aus.
Also das war eine gute Idee und sie führten sie aus und Nimmerschlaf und Schlief riefen Luzie Luzie, Baby Baby, Baby Luzie, Baby Luzie, und alle sagten natürlich nennen wir die Kleine Luzie und nicht Yvonne. So ging mit dem Y aus

Yvonne der Polizist Yesaya Yung nach Hause.
Also es war Yvonne Yochs Geburtstag, also egal was ihr sagt es freute sie daß es so gekommen war.
Aber und sie fing an zu weinen egal wie ich es versuche ich kann nicht bei Yesaya Yung bleiben weil sein Buchstabe Y ganz verbrannt ist, einen anderen hast du nicht gefunden sagte sie zu Yesaya Yung. Noch nicht sagte der Polizist Yesaya Yung ich habe gerade erst angefangen.
Also ging er noch einmal und er meinte Nimmerschlaf und Schlief wären Polizeihunde, also das waren sie nicht, sie waren einfach kleine braune Hunde aber wenn ein Polizist sie rief kamen sie.
Also sagten sie sie würden Yesaya oder Yung finden.
Aber die gab es nicht.
Alle Yung wollten Yung und alle Yesaya wollten Yesaya.
Was konnte ein Polizist also tun, Noch nicht sagte der Polizist aber das war alles was er tun konnte.
Und dann sah er eines Tages hier an der Tür ein Schild auf dem stand Yesaya Yung. Es war ein leeres Haus es war zu vermieten und er sagte wie konnte da Yesaya Yung stehen. Es war aber so.
Eines Tages, Mädchen und Jungen waren beim Spielen, und eine von ihnen sagte spielen wir daß wir jeden Tag jünger wären. Und das taten sie sie begannen zu spielen daß sie jeden Tag jünger wären und einer von ihnen hatte das an die Tür geschrieben während er auf dem Boden lag er hatte auf die Tür geschrieben Yesaya Yung.
Und Yesaya konnte weil er ja Polizist war hineingehen, und er konnte die Tür abnehmen und sie nach Hause tragen zu Yvonne und dann

waren sie alle wieder ganz in Ordnung, Yvonne hatte ihr Yvonne als Geburtstagsgeschenk bekommen und Yesaya Yung ein Polizist hatte ein Yesaya Yung davongetragen. Und so gaben sie sehr genau acht danach auf ihre Ys, sie sagten nie komm schon und sie sagten nie Polygon und sie sagten nie synchron, sie waren einfach weiter Yvonne und Yesaya Yung, und sie sagten nie doch noch, nie, nie, nie. Und so lebten sie glücklich weiter und hatten eine große Zahl Kinder aber sie gaben ihnen nie einen Namen der mit Y anging nicht einem.

Und jetzt kommt Z.
Z ist nicht verletzt aber es kommt zuletzt.
Zebra und Zette, Zoologie und Zero.
Z ist ein netter Buchstabe, mich freut, daß es kein Y ist, Y liegt mir nicht, warum, nun darum, Y liegt mir nicht, aber Z ist ein netter Buchstabe.
Z gefällt mir weil es nicht echt ist es ist einfach nicht echt also ist es ein netter Buchstabe nett zu euch und nett zu mir, das zeig ich euch hier.
Zebra und Zette.
Ein Zebra ist ein liebes Tier, es denkt es wäre ein wildes Tier das ist es aber nicht es geht in gemächlichem Schritt. Es hat schwarze und weiße Streifen und es ist immer dick. Es gab nie ein dünnes Zebra noch nie, und es geht ihm immer gut gesund wie mein Hut und es heißt Zebra.
Es ist nicht wie ein Ziege, wenn eine Ziege dünn ist kann man ihr nicht helfen, überhaupt gar nicht, aber ein Zebra ist nie dünn es ist immer jung und fett, das ist doch nett.
Als es gab da ein kleines französisches Mädchen die hieß Zette, sie sagte sie hieße Zette und so hieß sie und jeder sagte dies zu ihr. Sie war ein kleines französisches Mädchen und sie hatte einen Vater, ihr Vater war nicht dick er war dünn, er war ein Forscher und wenn man forscht muß man so forsch sein und durch jede Tür gehen und dort forschen also muß man einfach dünn sein.

Aber Zette war nicht so dünn sie war ziemlich dick und ihr Vater der Forscher brachte ihr immer etwas Besonderes zu ihrem Geburtstag mit das von weit her kam.
Also sagte Zette, sie hielt sich den Kopf, das war weil sie nicht dünn war sondern dick und sie lehnte ihren Kopf ihren dicken Kopf an ihren Vater der dünn war und sie sagte Vater was wirst du mir zum Geburtstag mitbringen und er sagte was soll ich mitbringen, und sie sagte ich will ein Zebra zum Geburtstag.
Also ging ihr Vater der Forscher fort und er vergaß ihren Geburtstag nicht, und er vergaß ihr Zebra nicht und es war leicht ein Zebra zu bekommen weil sie immer jung und dick sind und sie denken sie wären wild aber das sind sie nicht. Also war es ganz leicht es zu fangen das Zebra zu Zettes Geburtstag, aber Zette sollte ihren Geburtstag weit fort feiern und wie sollte ihr Vater der Forscher ihr Zebra nach dort kriegen zu ihrem Geburtstag.
Also es gab da kein Boot am Strand, das mit angemessenem Aufwand das Zebra nach dort bringen könnte zu Zettes Geburtstag sie feierte ihren Geburtstag zu weit fort.
Und Zette brauchte einfach ihr Zebra zum Geburtstag sie brauchte es einfach an diesem Tag was da auch kommen mag sonst hielt sie sich den Kopf den ganzen Tag. Zette war von diesem Schlag.
Also sah ihr Vater der Forscher sich um und das fand er er fand einen Flieger und er dachte wenn er davonsegeln würde am nächsten Tag würde er das Zebra zu Zette bringen zu ihrem Geburtstag.
Also malte er als erstes den Flieger an damit er

auch wie ein Zebra aussah, nicht rot und blau sondern weiß und schwarz und gestreift damit es wie ein Rücken aussah.
So fing der Vater von Zette also an er malte den Flieger an bis er genau wie ein Zebra aussah damit das Zebra wenn man es einludt dachte es wäre ein anderes Zebra das ihn einladen würde und das würde ihm gefallen und dafür sprang es über jede Hürde.
Was es auch tat.
Da war es in dem Flieger und damit fing der Spaß an, aber in sehr kurzer Zeit wurde dem Zebra klar daß der Flieger ganz allein war er und das Zebra und Zebras mögen viele Zebras um sich herum um auf dem Boden zu scharren und zusammen Zebra zu sein und um wie Zebras zu klingen und um nicht allein zu sein, wenn Zebras allein sind stöhnen sie und sagen sie sind keine Zebras, und wenn sie sagen sie sind keine Zebras sind sie keine Zebras es hatte also keinen Zweck Zette zum Geburtstag ein Zebra mitzubringen wenn es wenn es ankam gar kein Zebra war, das hätte keinen Zweck gar keinen Zweck.
Also dachte Zettes Vater scharf nach und er beschloß die Wolken und den Himmel wie Zebras anzumalen schwarze und weiße Streifen, so daß das Zebra wenn es vorbeisegeln würde sagen würde ja endlich gibt es rundherum nichts als Zebras, es ist wie am Boden alles voller Zebras und ich bin nicht allein also werde ich nicht stöhnen sondern ein Zebra sein und meine schwarzen und weißen Streifen werden bleiben.
Also machte Zettes Vater sich an die Arbeit er war in einem Flieger voraus und er malte so schnell er konnte den Himmel und die Wolken

an damit bis der Flieger des Zebras vorbeikam, das Zebra rundherum nichts als Zebras sah, weil sogar den Boden den hatte Zettes Vater der Forscher schwarz und weiß gestrichen in einem Streifen wie ein Zebra, so daß das Zebra dahersegelte und ihm nie klar war daß es nicht da war wo es geboren war mit nichts als Zebras rundherum und so kam es herunter damit es dorthin gebracht wurde wo alles vorbereitet wurde daß es nicht stöhnen würde weil es allein war.
Die kleine dicke Zette war von Kopf bis Fuß ein Zebra, und das Haus und die Bäume und sogar die Träume waren schwarz und weiß angemalt wie ein Zebra, so daß das Zebra gerne blieb und es war ihr Geburtstag und diesen ganzen Tag und den ganzen Jedentag verbrachten sie und das Zebra beim Spielen, sie waren jung und sie waren dick und so war es und ihr Vater der Forscher ging fort um noch etwas zu forschen und um wieder zu beginnen an Zettes nächstem Geburtstag.
Zoologie.
Zoologie ach du je was ist Zoologie.
Zoologie ist alles über wilde Tiere dünn und dick und sie rufen alle wir sind Zoologie darum geht es in Zoologie.
Also es war einmal etwas Kleines, das war ein Hund der hieß Nimmerschlaf und er hatte einen Bruder Schlief und die waren immer zusammen.
Ein großer Hund ist gern mit einem kleinen Hund zusammen und ein kleiner Hund ist gern mit einem großen Hund zusammen.
Das ist weil es für den großen Hund so schmeichelhaft ist wenn er einen kleinen Hund hat der ihn bewundern kann und für den kleinen Hund wenn er mit dem großen Hund mitkommen darf.
Jungen sind so und Mädchen sind so, sie haben

gern wenn ein kleiner sagt wie groß sie sind und sie haben gern wenn eine große sagt wie klein sie sind. Nimmerschlaf und Schlief waren nicht so. Schlief schlief und Nimmerschlaf war wach ansonsten waren sie Zwillinge.

Nun hörte Nimmerschlaf als er nicht schlief und er schlief nie einen kleinen Jungen es gab da einen kleinen Jungen und es gab drei kleine Mädchen das machte vier und nicht mehr, der kleine Junge las ein Buch über Zoologie, und Nimmerschlaf konnte zuerst so sehr er es auch versuchte nicht verstehen weshalb der kleine Junge ein Buch über Zoologie las aber ziemlich bald hörte er ihn erzählen wie Hunde auch kleine Hunde wie Nimmerschlaf, Hunde sein konnten die jagten und rissen die herumfetzten nicht auf einem Fußboden sondern im Wald und weit fort und alles töteten das ihnen im Weg war.

Alleraufregendst sagte Nimmerschlaf da, alleraufregendst.

Also versuchte er Schlief zu wecken aber das hatte keinen Zweck, und es hatte keinen Zweck die Katze zu wecken also ging er ganz allein weg um so zu sein wie Hunde waren bevor sie Zwillinge waren wie er mit Schlief, so ein Hund der Tag und Nacht schläft.

Zoologie war aufregend.

Bisher war das Schlimmste das Nimmerschlaf je getan hatte wegzurennen und zu bellen und die Kleider von denen, die er lieb hatte, zu zerreißen, er zerriß ihnen die Kleider wenn er Angst hatte sie würden fortgehen und ihn alleinlassen damit er bleibt und bellt und losheult, und er zerriß ihnen die Kleider wenn er wollte daß sie fortkommen sollten und er zerriß ihnen die Kleider wenn ihm irgendetwas Angst machte

und da er ein mutiger Hund war, Nimmerschlaf war ein mutiger Hund also alles konnte ihm Angst machen, so etwas ist ein mutiger Hund, und das ist der Grund daß alle sie so gernhaben weil ihnen alles Angst machen kann.
Und das war also Zoologie es machte Angst, es machte den Tieren Angst die sie waren all den wilden Tieren und all den zahmen weil denen alles Angst machen konnte und es machte allen Angst die etwas darüber lasen weil alle die etwas darüber lasen nicht wissen konnten daß alles den wilden Tieren Angst machen kann und den zahmen die die Zoologie ausmachten aber alles kann, Donner und Blitz und Sonne und Regen und Hitze und Kälte und Nebel und ein Zug, und andere Tiere und Männer und sogar Kinder und Frauen, also das ist gut zu wissen da fühlen sich alle mutig wenn sie wissen daß alles allen so Angst machen kann.
Und Nimmerschlaf war so, nicht Schlief, weil der schlief und da er beim Schlafen keine Angst hatte und er immer schlief war er nie lange genug wach um Angst zu bekommen oder Angst zu machen.
Aber Nimmerschlaf nicht, er glaubte gern er wäre stärker als eine Katze oder ein Vogel oder der Mond oder Zufrühkommen.
Und dann eines Tages als er alles gehört hatte was die Zoologie zu sagen hatte ging er hinaus um jemandem Angst zu machen, nicht um Angst zu bekommen sondern um Angst zu machen.
So ging er daher und er sah eine Tür und ihm war diese Tür nie zuvor aufgefallen und sie stand ein bißchen auf. Also steckte er seine Nase hinein und eine Pfote und die Tür ging ein bißchen weiter auf und er ging hinein.

Und da in der finsteren Ecke saß eine Henne und unter ihr waren die Eier die sie ausbrütete damit alle zwölf Küken ihren Geburtstag bekommen.
Also als Nimmerschlaf sie im Finstern auf dem Boden sah bellte er wie er noch nie zuvor gebellt hatte und er streckte eine Pfote vor und er wußte daß er Angst hatte und ein bißchen Angst machte, und er hatte recht weil die Henne obwohl er ihr Angst eingejagt hatte doch gut wußte was zu tun war, sie rannte auf ihn zu mit schlagenden Flügeln, und Feuer wie Blitze schoß heraus aus einem Auge und dann dem anderen Auge, und o je, die Tür war zu oder ging zu und was konnte Nimmerschlaf tun, oder auch die Henne und alle zwölf Kükenbabys die auf ihren Geburtstag warteten.
Genau dann, also da gab es ein Muh da war auch eine Kuh und ihr gefiel nicht was alle trieben und Nimmerschlaf bekam Angst deswegen und da war eine Katze und da war eine Ziege und da war ein Schaf aber da war keine Liege und o je da war keine Stiege um sich darunter zu verstecken. Also jedenfalls irgendwie Nimmerschlaf wußte nie wie war er zur Türe hinaus und er sagte nie wieder mehr wolle er auf die Zoologie hören, die Zoologie sei zuviel, ihm war Schlief lieber und der Junge aber Nimmerschlaf nahm als der Junge schlief das Zoologiebuch und riß es entzwei und kaute es zu Brei, er hatte genug gehabt von Zoologie genug und dann noch etwas mehr. Und dann da in der finsteren Ecke die Henne machte weiter wie bisher und die zwölf kleinen Küken die hatten ganz gewiß, und das freute sie, die hatten an diesem Tag ihren Geburtstag, und friedlich war es auch und

die Kuh sagte muh und die Ziege war da und eine Liege und ein Schaf ganz brav und eine Katze die kratzte und das wars.
Und Nimmerschlaf war weit fort und er hatte eben einfach nichts zu sagen an diesem Tag.
Und jetzt kommt Zero.
Ach Gott ach Zero.
Zero hieß sie und sie fühlten sich froh.
O du liebe Heldin o Zero.
Zero ist also eine Heldin.
Und warum ist Zero eine Heldin.
Weil wenn es keine Zero gäbe würde es keine zehn davon geben es gäbe bloß eins.
Wenn es keine Zero gäbe würde es keine hundert davon geben es gäbe bloß eins.
Also ist Zero eine Heldin.
Und wenn es keine Zero gäbe dann würde es nicht tausend davon geben es gäbe bloß eins.
Und wenn es keine Zero gäbe dann würde es nicht zehntausend davon geben es gäbe bloß eins.
Und wenn es keine Zero gäbe dann würde es nicht hunderttausend davon geben es gäbe bloß eins.
Also ist Zero eine Heldin.
Und wenn Zero keine Heldin wäre dann würde es keine Million davon geben es gäbe bloß eins.
Und wenn Zero keine Heldin wäre wenn sie keine richtige Heldin wäre dann würde es keine Milliarde davon geben es gäbe bloß eins ein einziges.
Und wenn Zero keine Heldin wäre also wenn Zero keine Heldin wäre wie könnte man mit irgendwas anfangen wenn es nur eins eins eins gäbe.
Also ist die Zero eine Heldin und da Zero eine

Heldin ist gibt es zehn davon und jede einzelne hat einen Geburtstag anstatt nur einem.
Es wäre traurig ganz allein zu sein an jedem Geburtstag und das sagen sie auch alle die Zehn und die Hundert und die Tausend und die Zehntausend und die Hunderttausend und die Million und die Milliarde sie sagen o Zero liebe Zero o hör uns o wir sagen daß wir alle dank der Zero Geburtstag haben.
Hurra.
Und mehr gibt es heute nicht zu schreiben über ABCs und Geburtstage und was sie so treiben.

»Niemand ist so ein Tunichtgut
Sich nicht zu erinnern an Gertrud.«

Außerdem sind folgende Titel von und über Gertrude Stein in der Übersetzung von Klaus Schmirler in der Achilla Presse erschienen:

»Brewsie und Willie«

»Angesichts der heutigen Wiederkehr des Gegenständlichen in der Literatur, und verglichen mit dem verführerischen Erzählen vieler postmoderner Autoren, ist ›Brewsie und Willie‹ ein abstrakter, schwer zugänglicher Text. Ihn trotzdem zu genießen, erfordert ein radikales ›Runterbremsen‹ des eigenen Lesetempos. Ja, es hilft sogar sich diese Arbeit laut vorzulesen. Man kann dann die Erfahrung machen, wie der Stein ins Rollen kommt. Ein unablässiges Drehen, eine bewegung, eintönig, ziellos, und darin faszinierend.«
Sabine Peters, Büchermarkt, Deutschlandradio
Hardcover, 114 Seiten, 30,- DM/219,- öS/30,- sFr.
ISBN 3-928398-19-9

»Frau Reinelt«

»Im Epilog behauptet die Autorin: ›Es ist in diesem Buch nichts Historisches außer dem Geisteszustand.‹ Wahr ist zumindest eines: Frau Reinelt kommt mit der Wucht einer Gegenwärtigkeit daher, die direkt aufs Sprachzentrum im Hirn zielt.« Friedhelm Rathjen, Süddeutsche Zeitung
Hardcover, 444 Seiten, 48,- DM/350,- öS/48,- sFr.
ISBN 3-928398-49-0

Bruce Kellner:
»Wie man Gertrude Stein liest und studiert«

Dieser literarische Reiseführer enthält neben einem Essay über das Werk der Autorin ein »Gertrude-Stein-ABC«, das den Leser »aphoristisch und vergnüglich« (Literaturblatt) in die Steinsche Wortküche geleitet.
Paperback, 96 Seiten, 15,- DM/110,- öS/15,- sFr.
ISBN 3-928398-11-3